Chalet numéro treize

— J'ai appris que vous étiez très douée, dites donc. Le chouchou du professeur, à ce qu'on dit.

— Je... je ne vois pas ce que vous voulez dire.

— Non? Alors méfiez-vous. Vous pourriez avoir une mauvaise surprise.

Une allumette craqua encore une fois. Elle vit les yeux noirs briller dans la nuit.

— Vous devriez être plus prudente, lança Patrice. N'importe qui pourrait trouver votre clef et s'introduire dans votre chalet.

— Je ne suis pas seule, j'ai une compagne de chambre.

— Une compagne? fit-il avec un rire étrange, comme si elle avait dit quelque chose de drôle. Si quelqu'un voulait s'en prendre à vous, continua lentement Patrice en craquant une autre allumette, ce n'est pas votre compagne qui l'en empêcherait. Vous ne croyez pas?

Le Chouchou du professeur

R. T. Cusick

Traduit de l'anglais par
DENISE CHARBONNEAU

Les éditions
Héritage inc.

Données de catalogage avant publication (Canada)

Cusick, Richie Tankersley.

Le chouchou du professeur

(Frissons)
Traduction de : Teacher's Pet.
ISBN 2-7625-6745-9

I. Titre. II. Collection.

PZ23.C87Ch 1991   j813'.54   C91-096352-5

Copyright © 1990 Richie Tankersley Cusick
Publié par Scholastic Inc., New York

Version française
© Les Éditions Héritage Inc. 1991
Tous droits réservés

Dépôts légaux : 2e trimestre 1991
Bibliothèque nationale du Québec
Bibliothèque nationale du Canada

ISBN : 2-7625-6745-9   Imprimé au Canada

LES ÉDITIONS HÉRITAGE INC.
300, Arran, Saint-Lambert (Québec) J4R 1K5
(514) 875-0327

À grand-maman...
dont l' exemple fut le meilleur des modèles

Chapitre 1

— J'adore avoir peur, insistait Cathy en souriant. Un jour, j'aimerais écrire un livre tout à fait terrifiant.

Elle s'arrêta sur le marchepied du train et abrita ses yeux verts des rayons du soleil de cette fin d'après-midi.

— Ah! Les jeunes et leur obsession des histoires d'horreur! Je t'amène ici pour t'inspirer et te faire apprendre les secrets d'une prose expressive, et tout ce qui t'intéresse, c'est d'entendre ce Guillaume Drouot parler d'histoires macabres!

Madame Roy, de sa masse corpulente, suivit péniblement Cathy sur la terre ferme et regarda autour d'elle, les sourcils froncés.

— Eh bien! Pour être franche, je croyais qu'on viendrait nous accueillir! Mais il n'y a pas âme qui vive, par ici. On dirait une ville fantôme!

— Vous êtes sûre que nous sommes attendues? demanda Cathy avec un petit rire, en passant une main distraite dans sa courte chevelure auburn.

— Absolument. J'ai fait moi-même les réservations : professeure de création littéraire et sa brillante élève, lauréate du concours littéraire annuel de notre collège... Je ne voulais surtout pas qu'on nous prenne pour des provinciales et, tant qu'à prendre congé de l'école, je tiens à ce que tu vives une expérience mémorable.

— Ils doivent être en retard, tout simplement, la rassura Cathy. Venez, allons jeter un coup d'oeil aux alentours.

— Vas-y, toi, ma chère. Le voyage m'a épuisée.

Madame Roy se laissa tomber lourdement sur un banc de guingois qu'elle regarda avec consternation.

— L'air est frisquet, à l'ombre, intervint Cathy. Vous seriez mieux à l'intérieur.

— Là-dedans? Jamais de la vie! rétorqua madame Roy avec un regard méfiant vers l'édifice délabré. Vas-y en éclaireuse. Je serai très bien ici.

Laissant les bagages à la garde vigilante de sa professeure, Cathy longea la plate-forme, puis contourna la gare pour trouver la porte d'entrée.

— Il y a quelqu'un? lança-t-elle timidement.

Elle tendait l'oreille quand le hurlement subit du train la fit sursauter, la projetant contre une masse chaude et solide. D'un bond, elle s'écarta du personnage silencieux qui la jaugeait de haut. Il était grand, avec des yeux et des cheveux noirs comme de la suie. Avant qu'elle ait pu reprendre son sang-froid, sa colère éclata malgré elle.

— Vous ne m'avez pas entendue appeler? Depuis combien de temps êtes-vous là?

L'homme haussa les épaules avec indifférence.

— Vous venez pour la série d'ateliers?

Cathy le dévisagea en s'efforçant de retrouver sa dignité.

— Oui. Je cherchais quelqu'un pour nous aider. Nous...

— Où sont vos affaires?

— Dehors... devant le bâtiment. Mais je ne suis pas seule.

Elle contourna de nouveau l'édifice à sa suite et, à la vue de madame Roy qui gardait toujours les bagages, elle éprouva un soulagement.

— Je sais. Ça dit ici que vous êtes deux, fit l'homme en tirant de sa poche un bout de papier, sans ralentir le pas. Vous êtes des romancières?

Un tel dédain perçait dans sa voix que Cathy se raidit.

— Qu'y a-t-il de mal à écrire des romans? De toute façon, je viens suivre les cours de Guillaume Drouot.

— Guillaume Drouot? À votre place, je ne compterais pas là-dessus. Autant remonter dans le train et retourner chez vous.

— Que voulez-vous dire?

Il marchait à longues enjambées tranquilles et Cathy s'essoufflait à le rattraper.

— Ah! Ravie de vous voir, jeune homme! lança madame Roy, qui en même temps roula des yeux vers Cathy et s'empressa de ramasser ses affaires.

— Il dit que nous devrions rentrer chez nous, lui annonça Cathy.

— Quoi? Après tout ce désagrément? Vous devez être dérangé, ronchonna madame Roy d'un air abasourdi.

— Moi, mesdames, je vous dis ce qui en est. Guillaume Drouot ne s'est pas encore montré et il y a de fortes chances qu'il ne se montre pas. Ça lui ressemble tout à fait. Je vous donnais juste un petit conseil en passant.

Madame Roy se leva lourdement et le dévisagea.

— Eh bien, nous n'avons que faire de vos conseils. D'ailleurs, nous n'avons pas besoin de votre aide non plus. Cathy, trouve un taxi. Au fait, qui êtes-vous?

— Patrice Crête, jeta l'homme sans sourciller. Et ne perdez pas votre temps, je suis le seul chauffeur à votre disposition. Alors, qu'est-ce que vous décidez? demanda-t-il en pointant du doigt le train, qui sifflait pour la deuxième fois. J'ai autre chose à faire.

Le vent souleva un tourbillon de feuilles autour d'eux. Cathy plongea son regard dans les yeux profonds de Patrice et un frisson parcourut son épine dorsale.

— Nous restons, lança-t-elle avec un sourire forcé.

Puis, prenant madame Roy par le bras, elle l'entraîna à la suite de Patrice et elles se serrèrent sur le siège avant de sa camionnette. Après une demi-heure d'un silence pénible, Cathy se détendit en voyant le camp se dessiner dans le lointain. Un brouillard diaphane flottait sur la forêt, assombrissant la silhouette des petits chalets et l'épais feuillage automnal. Le véhicule s'arrêta près d'un long bâtiment en bois rond.

— Voici le pavillon central. Et ça, c'est un plan, fit-il en extirpant de sa poche un autre bout de papier. On vous indiquera à l'intérieur votre chalet et l'heure des repas. Il y aura une sorte de soirée de bienvenue. Et ne vous aventurez pas hors des sentiers, ajouta-t-il en balayant du regard les arbres enchevêtrés qui débordaient sur la route. On se perd facilement dans ces bois et, on ne sait jamais... n'importe quoi peut arriver.

Après une hésitation il lança un regard à Cathy et insista :

— Sous aucune considération... Compris?

— Nous tâcherons de nous en souvenir.

— Eh bien! fit d'un air inquiet madame Roy en le regardant s'éloigner d'un pas tranquille. Quel goujat, ce Guillaume Drouot, d'organiser des ateliers et de ne pas s'y présenter. Toi qui t'en faisais une telle joie.

— Peut-être qu'il viendra quand même, dit vivement Cathy. Entrons et allons voir de quoi il retourne.

Le pavillon était clair et chaleureux. Une foule s'y pressait par petits groupes animés, en train de prendre le goûter. Madame Roy se joignit presque aussitôt à l'un d'eux et Cathy, heureuse de pouvoir s'éclipser en douce, chercha du regard un coin tranquille. Elle aperçut un fauteuil derrière une énorme plante et s'y laissa choir, observant l'agitation les yeux mi-clos. Elle ne souhaitait que gagner son chalet et dormir, regrettant presque de n'être pas remontée dans le train quand il était encore temps.

Les paupières lourdes, elle sentit soudain un pincement sur son bras et y porta la main en redressant la tête. Deux grands yeux gris de hibou, encerclés par des lunettes à monture métallique, la regardaient à travers le feuillage.

— Mes excuses. Je ne voulais pas pincer si fort. Mais tu ne te pardonnerais jamais de tomber endormie au vu et au su de tout le monde!

Cathy regarda avec intérêt les lunettes épaisses et les yeux démesurés.

— En effet, je ne m'en remettrais jamais, répondit-elle.

Le feuillage se mit à trembler et un visage s'en dégagea, orné d'un large sourire de gamin et encadré de boucles brunes coiffées d'un chapeau de cow-boy. On lui aurait donné treize ans à peine, mais la voix était celle d'un garçon plus âgé. Le sourire grimaçant s'élargit, puis une main jaillit à travers les feuilles et secoua vigoureusement celle de Cathy.

— Denis Drolet. Et pour répondre à ton interrogation polie, je ne suis pas un gamin, j'ai dix-huit ans. C'est dire qu'à cent ans, j'en paraîtrai à peine quatre-vingt-quinze! Viens, je vais te tirer d'embarras.

Pouffant de rire, Cathy se laissa guider jusque dans une petite cuisine bourdonnante d'activité. Face à face avec son antihéros, elle vit qu'il était plus petit qu'elle et que les autres jeunes qui s'affairaient autour d'eux. Son corps mince flottait dans un immense tablier blanc empesé et elle ne put s'empêcher de rire en le voyant faire une profonde révérence, le visage illuminé d'un sourire contagieux.

— Ravi de vous être utile, madame. Et vous vous appelez ?

— Cathy Rolin. Merci pour le sauvetage, je ne suis pas du genre très sociable.

— Je vois. Alors, qu'est-ce qui t'amène ici?

— J'ai gagné un concours littéraire et ma professeure m'a invitée à cette série d'ateliers dans l'espoir que j'en rapporte des conseils précieux dont je pourrai faire profiter mes camarades de classe. Et puis, ajouta-t-elle modestement, elle croit que c'est très bien pour mon inspiration.

— Super! Alors tu veux vraiment écrire. Moi aussi. Je suis prêt à tous les sacrifices pour cet art. Autrement, on ne me verrait pas mettre le pied dans une cuisine.

Esquivant quelques employés qui transportaient des plateaux encombrés, il cria par-dessus les cliquetis de vaisselle :

— Hé! Thérèse! On a trouvé une âme soeur!

Et il ajouta à l'intention de Cathy, d'un air conspirateur :

— Thérèse est formidable, juste un peu... enfin tu vois ce que je veux dire.

Il fit du doigt des petits cercles près de sa tempe, puis se cacha les mains derrière le dos et se mit au garde-à-vous lorsqu'une jolie grande fille dressa la tête dans leur direction, ses longs cheveux brillants d'humidité bouclant autour de ses joues empourprées.

— Salut! Moi, c'est Thérèse!

— Elle le sait déjà, je viens de te présenter, fit Daniel avec un regard d'excuse à Cathy. Thérèse est en poésie.

— Oui, je veux devenir poète. J'adore écrire des poèmes.

— Pour l'instant il faut remplir ces plateaux, fit Daniel en la bousculant un peu. Tu veux aider, Cathy?

— Bien sûr. Est-ce que je peux chiper quelque chose à manger?

— Installe-toi ici. Je vais te dénicher de quoi bouffer. Relaxe.

Cathy se laissa tomber sur le tabouret qu'il lui offrait et posa les coudes sur le comptoir. Elle sentit quelque chose lui frôler la jambe et baissa les yeux sur un gros chat noir qui reniflait sa cheville, une patte fouillant paresseusement dans son sac posé sur le sol.

— Oh! C'est Chouchou, annonça Daniel en déposant prestement une assiette de viandes froides devant Cathy. Drôle de nom, pas vrai? Elle est toujours à rôder quelque part. Je crois qu'elle appartient à Guillaume Drouot mais, visiblement, il ne la nourrit jamais. C'est une vraie peste et méfie-toi, c'est une voleuse.

Cathy récupéra en riant une écharpe que Chouchou venait de tirer sournoisement de son sac entrouvert.

La chatte lui donna des petits coups de patte sur les doigts.

— Elle subtilise les choses et s'amuse à les cacher dans tout le camp : des chaussettes, des gants, des bonnets, des chaussures... même des sous-vêtements.

Daniel parlait en s'affairant au comptoir près de Cathy.

— Dépêche-toi de manger. C'est bientôt l'heure du feu de camp. Tu viens, n'est-ce pas? C'est une façon de souhaiter la bienvenue à tout le monde. Tu t'assoiras avec nous, maintenant que nous sommes de vieilles connaissances.

— Merci, fit Cathy en engloutissant une bouchée de fromage.

— Alors, c'est l'écriture romanesque qui t'intéresse?

— Non. Le récit d'épouvante.

— Sans blague? J'espère que tu ne seras pas déçue.

— Oh! si tu veux parler de Guillaume Drouot, je suis déjà au courant. Crois-tu vraiment qu'il ne viendra pas? J'adore ce qu'il écrit.

— Tu sais quoi? fit-il en repoussant du doigt son chapeau de cow-boy. Je pense qu'il a bu un coup de trop et qu'il est en train de cuver son vin quelque part. Tout le monde sait qu'il boit.

— Tu le connais?

— Pas vraiment. Je travaille ici à l'occasion : retraites, ateliers, des trucs du genre. Ça me permet d'assister aux cours dans mes temps libres. Guillaume Drouot n'est pas très apprécié, c'est un vrai casse-pieds; un être tyrannique imbu de lui-même. Patrice, lui, nous laisse travailler en paix. C'est l'homme à tout faire. Le camp appartient à la famille Drouot, mais c'est Patrice qui s'occupe de tout.

14

— Alors Guillaume Drouot habite ici?

— Oui, dans une maison retirée au fond des bois. Mais personne n'y a accès. Il n'est pas très sociable quand il a bu, à ce qu'on dit. Moins que toi, sans doute!

Il s'essuya les mains sur son tablier et tendit au passage un plateau garni à Thérèse, en la priant de le rapporter une fois vide. Elle lui lança un sourire radieux avant de foncer dans le mur, et il poussa un soupir d'exaspération.

— Si elle fait une gaffe dans la salle à manger, je m'en lave les mains!

Cathy ne put s'empêcher de rire et se frotta les yeux de lassitude.

— Je suis fourbue. Si seulement je savais où se trouve mon chalet.

— Ton chalet? Tu as de la chance, j'ai justement la liste ici...

— Daniel?... Laisse-moi deviner. Je parie que tu veux écrire des histoires de cow-boys.

— Des westerns! s'exclama-t-il, éberlué. Jamais de la vie! Je veux être dramaturge. Écrire du théâtre shakespearien!

Cathy pouffa de rire et il prit un air sévère.

— Maintenant, écoute bien. Tu partages le chalet numéro treize avec une certaine Noémie Roy.

— C'est ma professeure, dont je t'ai parlé.

— Bien, comme ça tu n'auras pas à t'adapter à une inconnue. Par contre, le chalet numéro treize est le dernier... le plus retiré au fond des bois.

— Oh, arrête! fit Cathy en sautant sur ses pieds. Tu as lu trop d'histoires d'horreur.

— Je l'avoue. J'en suis fanatique. J'en lis autant qu'il m'en tombe sous la main. Tiens, fit-il en lui tendant un cartable qu'il l'invita à consulter. Voici l'horaire. Le déjeuner est servi à partir de sept heures dans la salle à manger, par ton humble serviteur. Il y a aussi une liste des cours et un plan...

— Je l'ai déjà. Patrice nous l'a donné à notre arrivée. Ce type n'a pas l'air très joyeux, n'est-ce pas?

— Oh! tu vas sûrement t'enticher de lui, alors ne dis rien que tu pourrais regretter.

— Qu'est-ce que tu racontes? pouffa Cathy.

— Toutes les filles raffolent de ce type. Grand, sombre, ténébreux.

— Il a l'air étrange. Il nous a dit de ne pas nous aventurer hors des pistes... il nous a presque effrayées.

— C'est effectivement lugubre, au fond des bois, approuva-t-il. Mais pourquoi irais-tu rôder par là? Les sentiers mènent partout. Oh! s'interrompit-il en regardant sa montre, c'est l'heure du feu de camp. Où est Thérèse?

Cathy lui désigna Thérèse qui revenait avec un plateau en équilibre dans chaque main.

— C'est pas la peine de les porter comme ça quand ils sont vides, siffla Daniel.

— Je m'exerce, fit Thérèse le plus sérieusement du monde.

— Eh bien! tu t'exerceras plus tard. Allez, on sera les derniers arrivés, lança-t-il en se dirigeant vers la sortie.

— D'accord, laisse-moi seulement vider cette poubelle.

Thérèse courut vers la porte arrière et trébucha sur la chatte qui se faufilait à toute vitesse entre ses jambes.

— Chouchou, ôte-toi de là, tu vas... Ah zut! Qu'est-ce que c'est que ça?

La salle à manger et la cuisine s'étaient vidées; Cathy allait sortir, puis revint sur ses pas.

— Thérèse, quelque chose ne va pas?

N'obtenant pas de réponse, elle fronça les sourcils et se dirigea vers le porche arrière. Thérèse se tenait sur la dernière marche et, par-dessus son épaule, Cathy aperçut Chouchou dans la pâle lueur qui émanait de la cuisine, accroupie au pied de la boîte à ordures. Elle lapait à petits coups secs à même une ombre qui s'étalait sur le sol. En s'approchant, Cathy vit qu'il s'agissait d'une mare visqueuse qui luisait dans la lumière ténue. Son regard remonta le long de la poubelle et elle vit un long filet qui coulait de la pile d'ordures entassées à l'intérieur... Le liquide s'échappait d'un gros sac à la forme allongée. Thérèse, en grimaçant, tendit la main pour l'attraper.

— Quelqu'un a dû jeter de la viande avariée ou quelque chose du genre... mais je ne sens rien, et toi? Et ce sac est bien gros pour...

— N'y touche pas! fit vivement Cathy.

Thérèse la regarda étonnée, la main en l'air.

— Mais, Cathy, le sang coule et je dois...

— Non! N'y touche pas! fit Cathy d'une voix rauque, tandis qu'un étrange et violent frisson la parcourait.

Elle regarda fixement la chatte, qui leva des yeux arrondis... les moustaches luisantes et humides.

Chapitre 2

— Oui, vous avez bien fait de vous sauver à toutes jambes, les chats sont dégoûtants, disait Daniel en essayant de garder son sérieux. Chouchou, du moins. Elle n'a aucune fierté et bouffe n'importe quoi.

Les yeux rivés sur le feu, Cathy l'entendait à peine. Elle était blottie entre lui et Thérèse à la lueur des flammes et tous trois se fondaient dans la chaîne humaine qui encerclait le feu rageur. Autour d'eux on riait, on se bousculait gentiment, on grillait des guimauves et on se liait d'amitié. Mais Cathy, recroquevillée, se sentait comme une étrangère dans la foule. La scène des ordures l'obsédait; elle ne comprenait pas son appréhension et se sentait ridicule. À ses côtés, Daniel piquait une grosse guimauve au bout de la branche qu'elle tenait à la main et lui lança un clin d'oeil.

— Félicitations! Vous avez peut-être fait une importante découverte. Je vois d'ici la manchette : «Les ordures dévorent des écrivains réunis en atelier»...

Malgré son humeur, Cathy ne put s'empêcher de rire.

— Daniel! Pourquoi ai-je le net sentiment que tu es impossible?

18

— Ma réputation m'aurait-elle précédé? fit Daniel en feignant la surprise. Tiens, je crois qu'on commence à raconter des histoires de fantômes.

Autour du feu, les bavardages s'atténuaient et quelqu'un se lança dans une histoire de maison hantée. Cathy ramena ses genoux contre sa poitrine. Sur un fond de nuit noire, des flammes ocre et écarlates léchaient avidement les ombres, transformant les visages en démons macabres aux traits grimaçants, aux yeux exorbités. Elle ferma les yeux pour écouter la fin de l'histoire, aussitôt suivie par une autre à propos de campeurs perdus et d'un meurtrier psychopathe armé d'un long couteau. Des chuchotements et des soupirs montaient des ombres chatoyantes, les corps fébriles se serraient les uns contre les autres. J'adore avoir peur, se rappela Cathy. *Qu'est-ce qui me prend? Je suis censée m'amuser...*

— J'en connais une! lança Daniel en sautant sur ses pieds.

Cathy ouvrit les yeux en sursaut et le vit repousser le bord de son chapeau, survoler du regard l'auditoire pour s'assurer qu'il avait toute l'attention.

— C'étaient des jeunes dans un parc de stationnement, commença-t-il sous les murmures désapprobateurs. Non, attendez, elle est vraiment bonne!

Le calme revint et il reprit de plus belle.

— Et ils entendirent à la radio qu'un fou s'était échappé d'un hôpital psychiatrique... Soudain, continua-t-il après une pause chargée de mystère, quelque chose gratta à la portière... Le gars appuya sur l'accélérateur... et alors...

— Tu la racontes mal, siffla Thérèse entre ses dents.

— Et alors... ajouta-t-il d'un air décidé sans se soucier des huées, une fois arrivés à la maison, en ouvrant la portière ils découvrirent une main sanguinolente qui pendait à la poignée...

— Elle est vieille! pouffa quelqu'un, et les autres renchérirent.

— Ce n'était pas une main, lança quelqu'un d'autre. C'était un crochet!

— C'était une main! lui cria Daniel avec un large sourire. Une main coupée!

— Daniel! lança Cathy, que son expression innocente exaspérait, tu es impossible! Quoi qu'il en soit, si tu permets, j'aimerais vraiment aller me coucher. Je suis crevée.

— Tu es tout excusée, ma chère, fit-il en l'aidant à se relever. Tu as besoin d'aide pour trouver ton chalet? J'ai justement ta clef... je l'ai attrapée au passage en sortant du pavillon.

— Oh!... vraiment? Ça ne te dérange pas?

— Ça me fait plaisir. Thérèse! je reviens. J'accompagne Cathy à son chalet.

— Bonne nuit, Cathy, lança Thérèse en lui envoyant la main. Je te reverrai au déjeuner.

Daniel prit Cathy par les épaules et l'entraîna sur un sentier sinueux qui s'engouffrait dans la forêt. À mesure qu'ils s'enfonçaient dans la nuit, un silence glacial tombait sur eux. Un vent mordant charriait les nuages qui obscurcirent bientôt la lune et Daniel alluma sa lampe de poche. Cathy fut secouée d'un frisson.

— Oui, c'est assez terrifiant par ici.

— Oh! j'aime avoir peur, dit vivement Cathy. J'ai simplement froid. Et je viens juste de penser que je n'ai pas ma valise.

— Elle doit être dans ton chalet. Patrice voit à tout ça.

Il souleva une branche basse pour lui permettre de passer en dessous et le faisceau de sa lampe décrivit un arc de cercle devant eux.

— Nous y voici. Je vais m'assurer que tout va bien avant de repartir.

Pendant qu'il introduisait la clef dans la serrure, Cathy jeta un regard inquiet derrière elle. Des feuilles bruissaient près du sentier et, au fond de la forêt, une branche craqua.

— Bon! Les lumières fonctionnent. Jusqu'ici ça va. Entre. Petit mais coquet, non? Un petit havre douillet, un amical retour à la nature.

— C'est joli, acquiesça Cathy. Ça me plaît.

— Bravo. Nous faisons tout pour plaire. Je mets en marche le chauffage, puis je retourne à mes affaires. Dors bien, ne te laisse pas bouffer par les moustiques, et bon séjour. Pour plus de sûreté, verrouille la porte derrière moi.

— Merci, fit Cathy en souriant. Je n'y manquerai pas. Bonne nuit.

Elle demeura sous le porche jusqu'à ce que le faisceau de lumière disparaisse dans l'obscurité. Tout était calme... elle était coupée du monde. Elle entendit de nouveau les feuilles bruire au bord du sentier. Elle ouvrit maladroitement la porte et, juste comme elle s'apprêtait à entrer... elle entendit comme un murmure derrière elle... *Cathy...*

Pivotant sur elle-même, elle fouilla l'obscurité du regard, la main serrée sur la gorge. Rien ne bougeait. Tout était mortellement silencieux. Une brise légère souffla sur la forêt et des lambeaux de brouillard tournoyèrent à ses pieds. Tremblante, Cathy claqua la porte et la verrouilla. Un instant... juste un petit instant... elle crut entendre de nouveau le murmure...

Cathy... Cathy...

Chapitre 3

— J'avais une faim de loup! lança madame Roy en s'essuyant la bouche avec sa serviette. Ce doit être l'air de la campagne. Et toi, Cathy? Prête pour une journée créatrice? ajouta-t-elle en se levant lourdement de table.

— Que les muses viennent! répondit Cathy en étouffant un bâillement. Je suis prête.

— On ne le dirait pas. J'espère que mes ronflements ne t'ont pas empêchée de dormir.

Cathy réprima un sourire et regarda sa professeure quitter la salle bruyante. Elle n'avait pas bien dormi, mais madame Roy n'y était pour rien. Ses rêves avaient été peuplés de murmures et d'images de sang qui coule. Elle repoussa son assiette intacte et sursauta lorsqu'une main lui saisit le poignet.

— Tu n'as pas honte? Pense aux pauvres petits enfants affamés!

Drapé dans son tablier maculé, Daniel se tenait à côté d'elle, l'oeil sévère. Puis, se tirant une chaise, il lui demanda:

— Vas-tu au cours de Guillaume Drouot, ce matin?

— Tu veux dire qu'il est venu malgré tout?

— Non, j'ai entendu dire qu'il avait un remplaçant. Je ne sais pas qui, mais il y a un tas de gens que je serais ravi d'écouter à sa place.

— Tu ne l'aimes vraiment pas, n'est-ce pas?

— Je te l'ai dit, c'est un crétin. De toute façon, Thérèse et moi on a congé, ce matin. Elle va à une séance de poésie, alors je t'accompagne, si tu veux.

— J'en serais ravie, je me sens si étrangère.

— Alors je te rejoins dans quelques minutes.

— Euh... Daniel... Es-tu revenu à mon chalet, hier soir?

— Non, fit-il sans sourciller. Pourquoi?

— Oh! pour rien, répondit-elle en haussant les épaules, mal à l'aise. J'ai cru entendre quelque chose, mais ce doit être mon imagination.

— L'inspiration qui se manifeste, suggéra Daniel.

Elle se sentait ragaillardie en allant à son premier cours. Elle se trouva une place dans la classe et sourit aux personnes qui levaient le nez de leur cahier pour la saluer. On émettait toutes sortes d'hypothèses sur l'éventuel remplaçant de Guillaume Drouot et les bavardages allaient bon train quand un jeune homme entra. Cathy le remarqua tout de suite lorsqu'il referma la porte derrière lui et s'arrêta pour consulter sa montre de poche. Il portait un jean et un chandail de grosse laine, de la même couleur que ses yeux violets. Une mèche blonde rebelle lui barrait le front, malgré son geste distrait pour la remettre en place. Elle l'examinait à la dérobée pendant qu'il traversait lentement la pièce jusqu'à la tribune. Il déposa ses papiers sur la table et son regard fit calmement le tour de la salle, sans se laisser distraire quand la porte s'ouvrit sur un Daniel essoufflé qui vint se glisser sur le siège à côté de Cathy.

— Bonjour, fit le jeune homme, d'une voix calme et posée.

Ses traits doux, ombragés de longs cils, lui donnaient un air timide, mais il avait l'air plutôt décontracté, les mains enfoncées dans les poches. Il fit une pause avant de poursuivre.

— Je suis Gabriel Drouot. Je sais que vous attendiez Guillaume, mais des circonstances imprévues m'obligent à le remplacer.

Il y eut un léger remous dans la classe et des lueurs de curiosité sur les visages.

— Guillaume est mon frère, continua-t-il sans paraître décontenancé. Que les sceptiques se rassurent : je suis moi aussi écrivain, moins connu que Guillaume, mais je connais bien ses méthodes pédagogiques. J'espère que vous ne serez pas déçus.

Un léger sourire illumina son visage et, une fois de plus, son regard fit le tour de la salle.

— Puisque vous partagez tous le goût de la peur, laissez-moi vous dire que la peur est une perception personnelle. Et nous pouvons, dans une certaine mesure, maîtriser nos peurs en écrivant à leur sujet.

— Quel âge lui donnes-tu? murmura Cathy à Daniel.

— Le début de la vingtaine, je pense. Il écrit des nouvelles à suspense. Il a publié dans un tas de revues.

— Comment le sais-tu? lui demanda Cathy intriguée.

— Je sais plein de trucs, rétorqua-t-il avec un sourire en coin. Il habite quelque part dans le nord. Mais pourquoi t'intéresses-tu tant à lui?

Elle se mit un doigt sur la bouche, comme Gabriel Drouot amorçait un autre survol de la classe. Cette fois, son regard s'arrêta sur elle un moment avec une douce lueur, au point qu'elle en rougit. Puis il continua, d'une voix confiante et apaisante.

— Ce qui effraie une personne peut paraître tout à fait inoffensif et banal à une autre. La peur appartient à celui ou celle qui la vit. Mais la peur peut fausser nos impressions, enchaîna-t-il en se dirigeant vers la fenêtre où, le dos tourné à la classe, il resta à contempler le coloris automnal et les pans de ciel cristallin. J'adore l'automne, j'aime les enfants et les bêtes, et la bonté m'émeut.

Les regards étaient fixés sur lui dans une muette empathie. Puis il se retourna brusquement et ses yeux étincelants se braquèrent sur Cathy.

— Guillaume est peut-être mort, dit-il sans hâte. Peut-être... que je l'ai tué.

Un vent de stupéfaction souffla sur la classe... on vit des coups d'oeil méfiants, on entendit une vague de murmures.

— Vous voyez, poursuivit-il en regagnant la tribune, votre perception de moi a changé. Vous vous demandez ce qui est arrivé à Guillaume, et si j'y suis pour quelque chose. Vous vous demandez si je ne suis pas un meurtrier. Ou un mythomane. Vous vous demandez... si je ne vais pas vous tuer aussi.

Ses yeux se posèrent encore une fois sur Cathy, puis un léger sourire illumina son visage.

— Et cela, mes amis, s'appelle de la manipulation. Tout écrivain peut manipuler ses lecteurs comme je viens de le faire.

Des rires de soulagement fusèrent, il y eut même des applaudissements. La tension fit place à une chaleureuse camaraderie et on échangea des regards de connivence. Cathy se tourna vers Daniel, qui hochait la tête d'un air perplexe.

— Il est merveilleux, souffla-t-elle.

— Il est cinglé!

— Donc, je vais tenter de vous apprendre à amadouer la peur. Si vous avez des questions, n'hésitez pas. Quant à ceux et celles qui ont envoyé des manuscrits pour les soumettre à la critique, je les ai ici et je serai heureux de vous rencontrer pour en parler. Voyons... Richard Denis... Marie Jourdan... Lise Nadon... Cathy Rolin...

— Moi? fit Cathy incrédule, en levant les yeux de son cahier. Excusez-moi, il doit y avoir erreur...

Le regard intrigué de Gabriel passa de Cathy à une pile de documents qu'il tenait à la main.

— Cathy Rolin? Voyons... une nouvelle intitulée «Sombres surprises». Le manuscrit a été soumis par une certaine Noémie Roy.

Tout le monde se tourna vers Cathy et elle sentit ses joues s'empourprer.

— Oh non! C'est ma professeure.

Des éclats de rire fusèrent et elle vit le sourire amusé de Gabriel. Elle s'enfonça dans sa chaise, souhaitant disparaître. Même Daniel semblait s'amuser de la plaisanterie.

— Alors c'est très bien, nous en parlerons après la classe, si tu peux rester quelques minutes. Et il n'y a pas de quoi t'inquiéter, ta nouvelle est excellente, la rassura-t-il; puis il ajouta à l'intention de la classe :

— Avant d'aller plus loin, j'aimerais voir avec vous où l'écrivain trouve son inspiration, d'accord? D'ici la fin du cours, j'espère que nous aurons exploré plusieurs méthodes pour faire naître la peur.

L'heure passa à toute vitesse et c'est à regret que Cathy referma son cahier. Daniel était si absorbé à relire ses notes qu'elle dut lui toucher le bras à deux reprises pour lui signifier qu'elle était prête à partir.

— Avoue qu'il est extraordinaire, lui dit-elle sur un ton taquin. Tu es aussi ébloui que moi.

— Il est acceptable, concéda-t-il. J'ai déjà vu mieux. Oh! le voici. Enfile ton armure.

— Mon armure? De quoi parles-tu?

— Je connais ce regard, fit-il d'un air renfrogné. Et Gabriel Drouot l'a eu posé sur toi pendant tout le cours.

Agitée, Cathy pivota sur elle-même pour se retrouver face à face avec Gabriel, qui attendait poliment que leur conversation prenne fin.

— Tu as un moment, Cathy Rolin?

— Je te laisse, fit Daniel en lui tapotant l'épaule. Je te revois au dîner.

— Ce ne sera pas long, lui dit Gabriel en regardant Daniel passer la porte. Si tu dois aller à un autre cours...

— Non, non, ça va, fit-elle en se rassoyant.

Il remarqua son air embarrassé et lui sourit avec chaleur.

— Tu es gênée que j'aie ce manuscrit, n'est-ce pas? Tu ne devrais pas. J'ai lu tous les manuscrits que Guillaume a reçus et le tien m'a fort impressionné. Tu as beaucoup de talent.

Elle ne savait pas trop quoi dire, muette d'embarras et de plaisir.

— Bien... je... J'ai toujours voulu écrire. Alors c'est très important pour moi, que tu le trouves bon.

— Je suis flatté que tu tiennes mon opinion en si haute estime. Mais tu dois croire en toi, aussi. As-tu confiance en toi? En tes rêves?

— Oui, fit-elle après un moment de réflexion. Je n'ai jamais voulu faire autre chose qu'écrire.

— Alors tu as une bonne longueur d'avance. Tu sais, le but de ces cours n'est pas uniquement de développer le talent, mais d'aider à s'affirmer. Les écrivains sont des anxieux, c'est bien connu.

Cathy examina ses traits, l'étonnante couleur de ses yeux, la sereine expression de son visage.

— Tu n'as pas l'air anxieux, pourtant.

— Les apparences sont parfois trompeuses, fit-il d'une voix suave. Tout comme la peur. Je tiens beaucoup à regarder ton travail avec toi. Disons... demain matin, vers huit heures?

— Oui, ça me va tout à fait.

— Très bien... à demain, alors. Tu sais, ajouta-t-il comme elle allait partir, je t'ai remarquée, hier soir, au feu de camp. J'espérais que tu sois dans ma classe.

— Tu m'as remarquée? fit-elle, interdite. Je ne pense pas t'avoir vu...

— Non, bien sûr. Tu étais au milieu du cercle.

Il lui tendit la main pour l'aider à se relever. Elle ne put s'empêcher de lui jeter un coup d'oeil furtif et, surprise de constater qu'il la regardait intensément, elle en laissa tomber son cahier. Au moment même où ils se penchaient pour le ramasser, la porte s'ouvrit brusquement et une ombre traversa le seuil. Cathy se releva d'un bond et aperçut, la mort dans l'âme, le regard sombre de Patrice posé sur eux.

Les joues en feu, elle recula jusqu'à la porte en évitant le regard de Gabriel et manoeuvra pour contourner Patrice.

— Excusez-moi. J'ai beaucoup apprécié le cours... vraiment... merci beaucoup.

— Ça m'a fait plaisir, fit Gabriel en se relevant.

Il jeta un regard à Patrice puis, revenant à elle, il dit d'une voix bizarre .

— J'ai hâte de t'enseigner des tas de choses... sur la peur.

Chapitre 4

— Alors, il t'a fait des avances? chuchota Daniel à l'oreille de Cathy en déposant des biscottes sur la table.

— Vas-tu cesser? rétorqua-t-elle à voix basse. Il veut critiquer ma nouvelle, c'est tout.

— Oui, oui. Crois-moi, je connais ce genre de type... Aujourd'hui une critique, demain un baiser.

— Dieu du ciel! Qu'est-ce que vous racontez tous les deux? demanda madame Roy en avalant sa salade.

Cathy retint son fou rire en voyant Daniel faire des grimaces dans le dos de madame Roy, avant de disparaître dans la cuisine.

— Oh! rien d'intéressant, madame Roy. Avez-vous aimé vos cours, ce matin?

— Tout à fait! Des héros romantiques... des dialogues émoustillants... et une discussion passionnante sur les scènes amoureuses. Je t'assure, Cathy, je suis très inspirée. Et toi, qu'as-tu fait?

— Le frère de Guillaume Drouot a donné le cours à sa place. Je dois dire que j'ai été très surprise qu'il ait ma nouvelle.

— Un jour, tu me remercieras d'avoir pris cette initiative, ma chère Cathy. Tu es beaucoup trop modeste.

Cathy se revoyait dans la classe de Gabriel, subjuguée par la magie de sa voix. À la fin du cours, elle s'était sentie comme une rêveuse tirée à regret d'un sommeil enchanteur. *Et il a aimé ma nouvelle... il veut m'en parler...*

— ...tu n'as pas besoin d'assister à tous les cours, tu sais, continuait la voix de madame Roy, qui la tira de sa rêverie. Tu es ici pour t'amuser, aussi. Offre-toi du bon temps.

Cathy consulta nerveusement son horaire, déçue que Gabriel ne donne pas d'autre cours ce jour-là.

— Je compte repasser mes notes après le déjeuner. Ensuite, j'irai explorer les environs.

— Excellente idée. Mais n'oublie pas la mise en garde de ce Patrice, à propos des sentiers.

Dès qu'elle eût mangé, elle alla fureter dans la cuisine et se trouva un petit coin où elle ne dérangeait personne. Thérèse, les bras chargés de verres fraîchement lavés, l'aperçut et fit un geste pour lui envoyer la main. Daniel se précipita pour parer le dégât.

— Ne lui adresse pas la parole, intima-t-il à Cathy en s'approchant du comptoir à côté d'elle. Elle ne peut pas penser à deux choses à la fois.

Cathy lui jeta un regard réprobateur, auquel il répondit par un grand sourire.

— Alors. Tu es redescendue sur terre? Tu n'es plus sous le charme de Gabriel Drouot?

— Daniel, je te l'ai déjà dit. C'est juste un excellent professeur. Je peux apprendre beaucoup de lui.

— Tu parles! se moqua-t-il en esquivant la tape qu'elle s'apprêtait à lui donner sur le bras. Le débonnaire monsieur Drouot... un accent dont les filles raffolent... l'allure élégante...

— Oh! je le trouve tellement beau, s'empressa de renchérir Thérèse en s'installant entre eux deux. Tu ne trouves pas, Cathy?

— Bien sûr, qu'elle trouve ça, fit-il sans laisser à Cathy le temps de répondre. C'est le chouchou du professeur... qu'elle considère comme un dieu.

— Daniel, pour l'amour du ciel! commença Cathy, qui fut interrompue par Thérèse.

— Le chouchou du professeur? Il en avait un l'été dernier aussi, non?

— Tais-toi, tu vas lui briser le coeur!

— Tu ne vas pas me briser le coeur, s'enflamma Cathy.

— De toute façon, c'est elle qui le prétendait. Mais c'était plutôt à sens unique, si tu veux mon avis.

— Qu'est-ce qui était à sens unique? s'enquit Cathy. De quoi parlez-vous?

— L'été dernier, fit Thérèse à voix basse, une fille du nom de Myriam travaillait avec nous à la cuisine... Et elle était amoureuse de Gabriel! Désespérément, totalement, passionnément... amoureuse de lui, poursuivit-elle avec un sourire romantique.

— Et lui... demanda Cathy d'un air faussement détaché, était-il amoureux d'elle?

— Que non! grommela Daniel. Mais, à entendre Myriam, on ne s'en serait jamais douté. Elle prétendait qu'ils allaient fuir ensemble. Tout le monde était au courant : les élèves, le personnel, les livreurs, les professeurs, même Patrice. Tout le monde sauf Gabriel.

— Mais peut-être qu'il l'a découvert, Daniel, interrompit Thérèse, le visage soudain attristé. C'est peut-être pour ça qu'elle est partie.

Devant l'air intrigué de Cathy, Daniel expliqua :

— Personne ne sait ce qui est arrivé au juste. Un matin, elle ne s'est pas montrée au travail. Quelqu'un est allé voir à son chalet et toutes ses affaires avaient disparu. On a supposé qu'elle avait pris la fuite.

Cathy réfléchissait, regardant Daniel d'un air perplexe.

— Est-ce qu'on a fini par découvrir ce qui lui était arrivé?

Thérèse et Daniel échangèrent un regard indécis.

— Alors? demanda Cathy en allant de l'un à l'autre. Quoi?

— On a prétendu que c'était un suicide, lança Daniel d'un air désabusé. Crois-moi, il vaut mieux parler d'autre chose.

Cathy voulut en savoir plus, mais Thérèse se leva en sursaut.

— Ciel! le lave-vaisselle! J'ai dû mettre trop de détergent.

Consternés, ils regardaient avancer sur le plancher une vague de mousse.

Cathy profita du brouhaha général pour s'éclipser. Une fois dehors, elle respira à grandes bouffées l'air frisquet, serra son cahier contre sa poitrine et se dirigea vers son chalet. Le sentier était magnifique, en plein jour. Toutes les menaces qu'il recelait la veille, dans l'ombre de la nuit, s'étaient envolées. Au-dessus de sa tête, les arbres entremêlaient leur feuillage de carmin et d'émeraude, filtrant les pâles rayons du soleil qui formaient des taches de lumière le long de la piste. Un sourire lui vint aux lèvres en pensant à Gabriel, puis disparut quand elle se remémora la conversation de la cuisine.

Elle ralentit le pas en apercevant son chalet et laissa errer son regard sur la petite clairière. Les arbres poussaient drus, laissant à peine le porche dégagé. *Un endroit idéal pour se cacher.*

Quelque chose lui frôla le pied et s'enroula autour de sa cheville. Elle poussa un cri, fit un bond en arrière et vit une ombre prendre la fuite. Deux yeux brillaient dans un buisson au bord du sentier. Elle s'agenouilla prudemment, les mains tendues.

— Chouchou? C'est toi? Pauvre petite chatte. Allez, viens. Je n'ai pas voulu t'effrayer.

Farouche, la chatte la regardait avec des yeux énormes et fit le gros dos en la voyant s'approcher.

— Ici, chaton. Qu'est-ce que tu tiens dans la gueule? Un gant?

Cathy s'accroupit et essaya de l'attirer en agitant les doigts. La chatte clignait des yeux et remuait la queue, puis elle recula à pas feutrés et s'assit d'un air suffisant hors de l'atteinte de Cathy.

— Vilaine, réprimanda doucement Cathy en essayant d'approcher. Tu tiens bel et bien un gant, et son propriétaire doit le chercher partout.

Les yeux de Chouchou s'arrondirent, animés d'une étrange lueur.

— Bonne fille... laisse-moi voir ce que tu caches.

Son cerveau n'enregistra pas tout de suite, en retirant le gant de la gueule de la chatte, qu'il était lourd et gonflé. L'odeur fétide qui s'en dégageait ne la frappa pas non plus, ni les doigts rigides qui auraient normalement dû retomber, vides. Et soudain elle s'aperçut que ce qu'elle tenait, ce qu'elle regardait, c'était...

— Mon Dieu!...

Elle observa le revers du gant, eut l'horrible vision d'une chair rouge filandreuse et d'un os blanc terne. Un cri se forma dans sa gorge et le gant tomba à ses pieds avec un bruit mat. Elle poussa un hurlement et la chatte, tapie dans l'ombre, la regarda filer à toute allure vers le camp.

Chapitre 5

— Calme-toi, tu veux? Je viens aussi vite que je peux!

Cathy lança un regard foudroyant au-dessus de son épaule en pointant du menton les bosquets le long du sentier.

Thérèse s'arrêta à la ligne des arbres avec des yeux immenses. Elle alla tout contre Cathy, et elles surveillèrent Daniel qui s'avançait prudemment dans le sous-bois épais.

— Je ne vois pas de chatte, annonça-t-il en avançant avec précaution.

— Elle a dû s'enfuir, fit nerveusement Cathy, en dardant son regard dans toutes les directions. J'ai dû l'effrayer avec mes cris.

— Et il n'y a rien par ici, lança Daniel, qui rebroussait chemin. Vois toi-même... rien qui ressemble à...

— Il était pourtant ici, insista résolument Cathy. Je l'ai vu.

— Tu as vu un gant et alors? Je te l'ai dit, Chouchou est une voleuse de grands chemins.

— Daniel, le gant n'était pas vide! Il y avait une... quelque chose à l'intérieur!

— De la boue, sans doute. Peut-être qu'elle l'a repêché du lac. Ou qu'elle l'a trouvé sous les feuilles. Peut-être qu'elle l'avait enterré quelque part.

— Oh! les feuilles... attention, peut-être qu'il se cache sous les feuilles... lança Thérèse avec un frisson, en reculant d'un pas.

— Oui, c'est ça, renchérit Daniel. Il a rampé et ce soir il viendra gratter à ta fenêtre.

— Ce n'est pas drôle, lança Cathy. Chouchou a dû le transporter ailleurs. C'est la seule explication.

— Eh! attends une minute, s'exclama Daniel en secouant lentement la tête. Je comprends, maintenant. Ah! Ah! Vous êtes des petites sournoises, vous deux. C'est à cause de l'histoire que j'ai racontée hier, pas vrai? La main coupée. Vous êtes très futées, les filles. Vous avez failli m'avoir.

Elles se regardèrent, déroutées, et les joues de Cathy s'enflammèrent.

— Daniel, tu es dans l'erreur si tu crois qu'il s'agit d'une plaisanterie. Il y avait bel et bien un gant ici, avec quelque chose à l'intérieur!

— Vous ne perdez rien pour attendre, fit-il en brandissant un doigt dans leur direction. Mais c'est un jeu qui se joue à deux! Je vous aurai, et de la plus belle façon! lança-t-il en remontant le sentier.

— Daniel! l'implora Cathy. Tu dois me croire.

— Oui, bien sûr, fit-il en s'enfonçant dans la forêt. Je vous reverrai plus tard. Et soyez prêtes à tout!

Cathy dévisagea Thérèse, puis soupira et grimpa sous le porche du chalet. Elle scruta lentement les bosquets où elle avait vu Chouchou... laissa ses yeux errer autour, puis revint au point de départ. *Je n'ai pas pu imaginer cela...*

— À quoi est-ce que ça ressemblait?

Elle sursauta, ayant presque oublié Thérèse. Blottie contre la porte, elle regarda les arbres et dit lentement :

— Il était brun... un gant d'homme. Comme un gant de travail, épais et rigide.

— Oui, j'en ai déjà vu de semblables, approuva Thérèse. Patrice en porte toujours quand il travaille dans le camp.

Après réflexion, Cathy poussa un soupir.

— Donc, Chouchou aurait vraiment pu le trouver n'importe où. Et ce que j'ai vu à l'intérieur n'était pas vraiment une main.

— C'est ce que je voudrais croire, acquiesça sérieusement Thérèse.

— Ça permettrait évidemment de passer une meilleure nuit.

— C'est ce que je crois aussi. Dis, Cathy, si on allait se baigner, plus tard? Je connais un coin secret... on l'aurait pour nous toutes seules.

— Par cette température? s'étonna Cathy en frissonnant.

— Le soleil de l'après-midi y darde ses rayons. L'eau est très bonne.

Encore une fois, les yeux de Cathy balayèrent les environs puis, revenant à Thérèse, elle s'efforça de paraître enthousiaste.

— D'accord, ça me paraît emballant.

— Alors on se retrouve devant le pavillon vers seize heures. Je ne suis pas de service pour le souper, seulement après, pour ranger.

— J'y serai.

Cathy regarda son amie s'éloigner, essayant de lutter contre l'appréhension qui l'envahissait. Elle fouilla encore une fois les alentours, sans trouver le moindre indice. *J'ai dû faire erreur.*

Elle n'était pas aussitôt rentrée qu'une pensée soudaine la figea sur place. Daniel! Pourquoi n'y avait-elle pas pensé plus tôt? Il pouvait très bien avoir donné le gant à Chouchou, farci avec dieu sait quoi, pour ensuite la diriger sur le sentier... Peut-être qu'il s'était caché dans les bois... qu'il avait rigolé en la voyant paniquer. Les accuser elle et Thérèse était une façon astucieuse de détourner les soupçons. Pas étonnant qu'il se soit montré sceptique à son récit. Se promettant de vérifier ses doutes auprès de Thérèse, elle s'allongea sur le lit et ouvrit son cahier.

Elle fut soulagée quand arriva seize heures. Elle avait beau essayer de se concentrer, ses pensées volaient sans cesse de Gabriel à la chose que Chouchou tenait dans la gueule.

Thérèse l'attendait et elles partirent toutes les deux en passant derrière les écuries, descendirent une colline boisée, pour aboutir à un petit bout de plage. À l'ouest, le soleil de fin d'après-midi brillait, une brise faisait frémir le lac qui chatoyait comme un joyau. Un groupe de baigneurs leur envoya la main et, après leur avoir rendu leurs saluts, Thérèse entraîna Cathy dans un dédale de roc et de sable.

— Es-tu sûre de savoir où tu vas? demanda Cathy en riant.

— Ça va te plaire, je t'assure, rétorqua Thérèse en lui faisant signe de se hâter. Personne n'y va jamais, l'endroit n'est pas connu.

— Ah oui? Et Daniel? Il le connaît?

— Oui, mais il n'aime pas se baigner. Tiens, c'est ici.

Thérèse dévalait les quelques mètres qui les séparaient de l'onde. Une petite crique s'étalait entre des rives plantées d'arbres. Cathy se hâta de rattraper son amie, qui grimpait sur une grosse roche plate en abritant ses yeux des rayons du soleil.

— Tu vois? Le roc est chaud et l'eau est très bonne, une fois qu'on y est. Et l'endroit est très privé, c'est pourquoi je m'y sens si bien.

— C'est magnifique, fit Cathy en grimpant à côté d'elle.

— Regarde, de ce côté-ci du rocher, on est à l'abri du vent.

Tout en parlant, Thérèse retirait son jean et son t-shirt. Cathy en fit autant, puis elle se glissa dans l'eau, surprise de la douce tiédeur.

— Tu sais quoi? lui lança Thérèse. On devrait se baigner toutes nues.

— Quoi? pouffa Cathy. On ne peut pas faire ça! Et si on nous voyait?

— Mais je l'ai fait souvent, rétorqua Thérèse en écarquillant les yeux, et personne ne m'a jamais vue.

— Comment peux-tu le savoir? Quelqu'un aurait pu se cacher, regarde tous ces arbres autour de nous.

— Non, soupira Thérèse prosaïquement. Personne ne me regarde jamais.

— Je ne te crois pas. Tu es si jolie.

— C'est faux. Mais je crois... fit-elle en dressant la tête, que j'ai bon caractère.

— C'est vrai, fit Cathy en riant, sentant sa tension disparaître dans l'eau bienfaisante. Tu as très bon caractère.

Elle inclina la tête en arrière, laissant le soleil caresser son visage, savourant les bienfaits de l'eau sur ses joues.

— Thérèse, as-tu pensé que Daniel aurait pu déposer le gant sur le sentier pour que je le trouve?

Thérèse réfléchit un moment.

— Bien... je suppose qu'il en serait capable. Je n'ai pas été avec lui tout le temps.

— Je me posais simplement la question, continua Cathy en essayant de chasser ces pensées sinistres. Et que sais-tu de Gabriel Drouot?

Elle s'efforçait de paraître détachée, mais Thérèse sembla trouver la question tout à fait naturelle.

— Ah! Gabriel Drouot. Quel nom adorable, n'est-ce pas? À vrai dire, je ne le connais pas très bien. Nous ne sommes pas des intimes, tu sais. Mais on dit qu'il est brillant et qu'il a beaucoup de talent. Et, bien sûr, tu as déjà remarqué comme il est beau. Je pense que personne ne sait grand-chose de sa famille. Ils sont très secrets et excentriques.

Elle s'agenouilla et commença à dégrafer le haut de son maillot de bain.

— Thérèse, qu'est-ce que tu fais?

— Je me déshabille. Ah! c'est une telle sensation de liberté. Allez, Cathy, personne ne va nous voir.

Cathy regarda Thérèse s'ébattre dans l'eau, comme une sirène éblouissante qui jouait à cache-cache avec le soleil. Elle fit surface quelques mètres plus loin en s'ébrouant et Cathy, avec un éclat de rire, commença à se dévêtir à son tour.

— Pourquoi pas? fit-elle. C'est sans doute l'occasion ou jamais!

Elles nagèrent longtemps, riant à gorges déployées, s'éclaboussant, explorant la crique en tous sens. Cathy ne s'était jamais sentie aussi bien. Après avoir fait la course avec Thérèse d'un bout à l'autre de l'anse, elle lança les bras hors de l'eau et se laissa flotter sur le dos, savourant les derniers rayons du soleil.

— On ferait mieux de rentrer, fit à regret Thérèse en désignant les ombres qui s'allongeaient sur la rive. Il fera bientôt noir.

Cathy remua paresseusement les bras, rêvant de flotter éternellement.

— Bonne idée. Je vais chercher nos vêtements.

— Non, j'y vais. Je suis plus près, protesta Thérèse.

Elle s'extirpa de l'eau en s'ébrouant pendant que Cathy, l'esprit dans le vague, se laissait dériver en douceur. Elle entendait le bruissement des hautes herbes le long de la rive. Au bout de quelques minutes, après une profonde inspiration, elle posa à regret le pied au fond de l'eau.

— Thérèse, qu'est-ce qui se passe? Tu ne trouves pas...

Ses mots s'étranglèrent dans sa gorge. Chancelante, elle repoussa frénétiquement ses cheveux, battant des paupières dans l'obscurité soudaine. Le brouillard se levait, planant tel un fantôme grisâtre au-dessus de la crique assombrie, estompant la rive et les arbres tout à l'heure si chaleureux et amicaux. Mais ce n'est pas le brouillard qui la glaçait... Les yeux fixés sur la rive ténébreuse, incrédule, elle regardait une ombre immense et silencieuse plantée au bord de l'eau. Une ombre humaine. Noire et raide dans le crépuscule, l'ombre levait un bras... lentement... délibérément... dans sa direction. Et malgré sa terreur, Cathy reconnut la forme d'une hache.

Chapitre 6

Son instinct reprenant le dessus, Cathy ravala le cri qui se formait dans sa gorge et se glissa sans bruit dans l'eau. L'avait-il aperçue? Depuis combien de temps l'observait-il, pendant qu'elle se laissait flotter sans méfiance? Elle n'avait entendu personne approcher et il lui vint soudain à l'esprit que Thérèse ne s'était pas manifestée depuis un bon moment. Était-il arrivé quelque chose? Non, elle aurait entendu un cri... une bagarre...

Elle plongea sans bruit et nagea doucement sous l'eau jusqu'à un rocher, où elle refit surface en catimini. Si seulement elle n'avait pas retiré ses vêtements! Plaquée contre le rocher, elle scrutait la rive. L'ombre avait disparu. La brise agitait doucement les feuilles. Son coeur battait à tout rompre et elle enroula ses bras autour d'elle pour s'empêcher de trembler. Quelque part sur la grève, une branche craqua...

— Cathy!

Oubliant la prudence, elle se mit à patauger et aperçut Thérèse recroquevillée sur la plage, là même où se tenait l'ombre un moment auparavant.

— Je ne trouve pas nos vêtements! criait-elle, abasourdie. J'ai cherché partout. Et il commence à faire
noir, et je n'ai pas de lampe de poche!

Cathy voyait la silhouette de Thérèse dans le brouillard envahissant; les arbres semblaient s'étirer autour
d'elle. Une branche fut soulevée par le vent et on aurait
dit un geste humain.

— Thérèse, as-tu entendu quelque chose, pendant
que tu cherchais? As-tu vu quelque chose? Quelqu'un?

— Non, pourquoi?

Cathy, presque arrivée à la plage, balaya lentement
du regard la berge et ses yeux s'arrêtèrent sur un arbre
à la forme étrange. *J'ai peut-être imaginé cela... Oui,
c'est sûrement mon imagination...*

Elle ouvrit la bouche et s'arrêta net en entendant un
craquement dans le bois derrière Thérèse. Celle-ci,
avec un cri, plongea à l'eau à ses côtés et elles s'agrip-
pèrent l'une l'autre, tandis qu'une ombre surgissait
des arbres.

— Hé! vous voilà! J'étais sûr de vous trouver ici.

— Daniel! s'écria Cathy avec rage, en s'enfonçant
dans l'eau jusqu'au cou.

— Lui-même! Et toi, Thérèse, tu es en retard, au
cas où tu ne l'aurais pas remarqué.

— Vraiment? fit Thérèse en écarquillant les yeux. Je
croyais que j'étais de corvée pour le nettoyage. Est-ce
que j'aurais encore mal lu l'emploi du temps?

— Allez, venez, fit-il avec un soupir d'exaspération. Vous allez attraper une pneumonie.

— Non! fit résolument Thérèse. On cherche nos
vêtements. Oh, Daniel! on ne les trouve nulle part!

— Vos vêtements? fit Daniel surpris, regardant automatiquement autour de lui. Où les avez-vous laissés?

— Là, lui pointa du doigt du Thérèse. Juste là sur la grève.

— Bon tant pis, venez comme vous êtes, on les retrouvera demain à la clarté.

— Non! protesta Thérèse. Nous... nous n'avons rien! Nous avons *tout* enlevé!

— Tous vos vêtements? marmonna Daniel en se grattant le menton, le chapeau à la renverse. Hum... la situation est en effet très critique... Bon, ne vous énervez pas. Je vais jeter un coup d'oeil.

Cathy commençait à avoir la chair de poule. Quand Daniel reparut enfin en tenant quelque chose à la main, elle eut un brin d'espoir, puis déchanta.

— Je pense que c'est ça, fit-il d'une voix étrange. Du moins, ce qu'il en reste.

Il s'accroupit près de l'eau en agitant des lambeaux d'étoffe. Ce qui avait été le maillot de bain et le t-shirt de Cathy n'était plus que lambeaux maculés de taches sombres...

— C'est... à moi... fit Cathy d'une voix rauque, en fixant les loques du regard.

— Oh! C'est bien notre chance! soupira Thérèse, exaspérée. Un ours a traîné nos vêtements et les a mangés!

— Il n'y a pas d'ours dans les parages, Thérèse! fit Daniel.

— Quoi, alors? rétorqua Thérèse, complètement abasourdie.

— Une hache, grommela Cathy. Quelqu'un avec une hache.

— Une hache? fit Daniel éberlué. Qui donc s'amuserait à mettre en pièces des vêtements avec une hache? On dirait plutôt qu'ils ont été tailladés avec un couteau, fit-il en fouillant la forêt du regard. Attendez un peu, j'aperçois quelque chose...

Les deux filles le virent disparaître dans la pénombre, pour reparaître aussitôt avec un petit paquet à la main.

— Regardez ce que j'ai trouvé... niché au creux d'une branche. C'est à toi, Thérèse?

— Oh! Daniel, tu les as trouvés! Et ils ne sont pas déchirés. Tu es un héros! Mais qu'est-ce qu'on va faire pour Cathy?

— Je lui prêterais bien ma veste, mais je crois que ça ne suffirait pas.

— Alors passe-lui ta chemise, ordonna Thérèse. Comme il fait noir, ça suffira pour se rendre au chalet.

— Peut-être, après tout, que c'est un animal, proféra Daniel avec le plus grand sérieux, en brandissant les vêtements en loques de Cathy. Peut-être que c'est Chouchou... peut-être qu'elle a caché le reste...

Cathy le dévisagea un moment, puis sentit bouillonner en elle la colère.

— C'est *toi* ! Oh, Daniel, comment peux-tu être tombé aussi bas! Les vêtements... la hache...

— Eh! fit Daniel avec un soubresaut. De quoi parles-tu?

— De ça! explosa Cathy en se retenant de ne pas se précipiter hors de l'eau pour lui sauter à la gorge. Tu as tout prémédité, pas vrai? Pour te venger à cause de ce stupide gant. Tu crois encore qu'on a voulu se moquer de toi!

— Tu penses que c'est moi qui ai fait *ça* ? Déchirer tes vêtements? Et qu'est-ce que cette histoire de hache?

— L'homme que j'ai vu sur la grève, balbutia Cathy. Pendant que Thérèse cherchait nos affaires... il est sorti des arbres en brandissant une hache...

— C'était sans doute Patrice, répondit Daniel en retirant sa chemise, qu'il lança sur le sol. Il vient souvent fendre du bois par ici. Bon. Je vous revois au camp.

— Non, attends! lança Thérèse. Nous n'avons pas de lampe de poche.

— C'est le bouquet! grommela-t-il en s'éloignant vers la ligne des arbres.

Avec précaution, les deux filles s'avancèrent sur la rive et s'habillèrent en un temps record. Cathy tirait désespérément sur la chemise qui lui couvrait à peine le haut des cuisses. Puis, Daniel en tête, ils prirent le chemin du camp. Quand ils atteignirent le sentier menant à son chalet, Daniel se tourna vers elle.

— Quoi que tu en penses, j'ai passé la journée dans la cuisine. Tu peux vérifier.

— D'accord... fit-elle à contrecoeur. Je te verrai demain. Je suis crevée.

— Tu rentres tout de suite? Tu ne veux pas manger? Il est encore tôt.

Elle haussa les épaules en tirant sur sa chemise, mal à l'aise.

— Prends au moins la lampe de poche. J'en trouverai une autre.

Elle le remercia et se hâta vers son chalet. En l'apercevant, elle ralentit le pas et chercha machinalement ses clefs. Mais la poche de la chemise de Daniel béait, vide.

— Oh non! grommela-t-elle.

Elle se mit à trembler, autant de frustration que de froid, et cogna à la porte dans l'espoir que madame Roy se trouve à l'intérieur. Pas de réponse. Elle recula, le coeur chaviré. *Elles doivent être dans l' herbe... près du lac... À moins que quelqu'un les ait prises...*

Elle resta figée sur place, l'esprit en bataille. Les vêtements de Thérèse n'avaient pas été détruits; seulement les siens. Et Thérèse n'avait pas vu l'homme près du lac... l'ombre menaçante n'était apparue qu'après son départ...

— C'est Daniel, murmura-t-elle. Il faut que ce soit lui.

Elle n'allait pas se mettre dans tous ses états à cause d'une autre blague idiote. Il fallait trouver Thérèse et retourner avec elle chercher ses clefs.

À peine avait-elle atteint la route qu'elle se rendit compte de l'absurdité de son projet. Elle ne savait pas où trouver Thérèse et ne pouvait pas aller à sa recherche affublée de la sorte. Même chose pour madame Roy. Et elle refusait de s'asseoir dans les marches du chalet à attendre que quelqu'un se montre.

En essayant de rester dans l'ombre, elle refit le chemin jusqu'au lac, tentant de se rappeler où elles avaient bifurqué pour aller vers la crique. Indécise, elle fit jouer la lampe de poche dans le feuillage. Tout semblait si différent en pleine nuit... et seule...

Chassant sa nervosité, elle continua et aperçut enfin un sentier qui lui semblait familier. Après une profonde inspiration, elle fonça dans le bois. L'obscurité était trompeuse. Depuis combien de temps marchait-elle? Quand elle comprit qu'elle avait pris le mauvais sentier, elle voulut rebrousser chemin et perdit totalement le sens de l'orientation. Les branches lui lacéraient le visage, lui emmêlaient les cheveux, déchiraient sa chemise. Elle avait les joues humides et se demandait si c'était du sang, de la bruine ou des larmes de peur. Elle se mit à courir.

— Au secours! cria-t-elle, sans trop savoir si son cri était réel ou imaginaire. À l'aide, quelqu'un, je suis perdue!

Au moment où elle s'y attendait le moins, elle trébucha dans une clairière et s'affala face contre terre sur le sol humide. Elle releva lentement la tête et se trouva plongée dans un silence profond, terrifiant. Au loin, une faible lueur perçait la grisaille épaisse du brouillard. Puis, comme ses yeux s'habituaient à l'obscurité, elle distingua une grande clôture de fer munie de pointes acérées au sommet qui se détachait sur la lueur pâle. Elle retrouva à tâtons sa lampe de poche, la braqua sur les barreaux et vit derrière la grille une maison énorme, noire, grotesque, comme un cauchemar reproduit au fusain sur fond de ciel sombre. La lumière provenait d'une des fenêtres de l'étage.

En s'aidant de sa main libre pour se relever, elle toucha... un pied nu. Elle hurla et se redressa d'un bond, le rayon de sa lampe déchirant les ténèbres.

— Relève... Relève... chantonnait une voix. Emprisonnée dans un rêve...

C'était une voix sinistre... rauque... hésitante... comme si chaque mot entraînait une douleur. Et comme elle cherchait à braquer sa lampe sur le visage de l'inconnue, Cathy eut soudain le souffle coupé. Une créature toute vêtue de noir se tenait devant elle. Ses longues jupes traînaient mollement dans l'herbe, un long voile noir enveloppait son corps... sa tête... dissimulant ses yeux...

— Mon Dieu! murmura Cathy... Qui êtes-vous?

— Je suis Renée, fit le personnage, dont la tête oscilla légèrement, se mêlant aux ombres dans la nuit fantomatique. Et toi tu es Cathy... Cathy... que le sort a choisie.

Chapitre 7

Le fantôme oscillait légèrement... déjouant le rayon de la lampe de poche de Cathy. Le voile noir flottait doucement. Cathy, inquiète, se sentait observée.

— Comment savez-vous mon nom? demanda-t-elle dans un murmure, en essayant de percer l'obscurité du regard.

— Il parle de toi... il te trouve magnifique...

— Qui? demanda Cathy en reculant lentement, la voix chancelante. De quoi parlez-vous? J'ai pris le mauvais sentier et...

— La mort... Ne la sens-tu pas? Nous sommes tous morts, ici. Tout à fait... morts... Viens à l'intérieur. Viens... n'aie pas peur. Je te dévoilerai des secrets si tu me suis, fit la voix caverneuse, où perçait le sarcasme. Tu ne les connaîtras jamais, si tu fuis. Viens... viens à l'intérieur...

— Non, je dois partir. Je ne savais pas que quelqu'un habitait dans ce coin retiré.

Était-ce un rire, cet horrible son guttural venu des tréfonds de la gorge? Les longues jupes froufroutèrent et de nouveau Cathy recula.

— Il n'y a personne. La maison est vide. Viens avec moi... suis-moi... Suis-moi... viens avec moi...

La voix répétait sa lugubre ritournelle et l'ombre s'avançait vers Cathy, la forçant à reculer. Dans la pâle lueur, Renée semblait planer dans le brouillard ondoyant. Ses doigts tourbillonnaient comme des papillons de nuit.

— Jolie Cathy, murmura-t-elle, c'est cela qu'il dit...

— Qui? demanda Cathy d'une voix tremblante. Je vous en prie... je ne sais pas...

— Surtout ne dis rien. Tu ne dois pas parler de moi.

L'ombre approchait toujours. Étranglée par la peur, Cathy s'adossa à un arbre.

— Un jour, quelqu'un a parlé... et il a trépassé... Je le saurai, si tu parles. Je le saurai.

La main tendue s'approcha à quelques centimètres du visage de Cathy...

— Je ne dirai rien! Je n'avais pas l'intention de venir! Je regrette...

— Oui, fit la voix avec le même rire rauque. Tu regretteras.

Pivotant sur elle-même, Cathy fonça dans la forêt. Les arbres, les ombres, l'obscurité, tout se précipitait confusément. Elle courait éperdument et ne s'arrêta pas avant d'entrevoir son chalet, où deux ombres cognaient à la porte.

— Cathy! Tu es là? Est-ce que ça va? criait Daniel d'une voix inquiète, en cognant de plus belle.

— Elle n'est pas là, fit la voix de Thérèse. Oh! J'espère que la chose au maillot de bain ne l'a pas kidnappée...

— Je suis ici! cria Cathy en s'efforçant de prendre un pas normal. Les doigts tremblants, elle mit de l'ordre dans ses cheveux. *Je ne peux pas leur dire où*

*j'étais... J'ai promis à Renée... elle a dit que je regret-
terais...*

Daniel accourut auprès d'elle, l'air mi-furieux mi-
soulagé.

— D'où sors-tu? On était sur le point d'ameuter les
troupes!

— Mes clefs, fit vivement Cathy. Elles ont dû tomber
lorsque je me suis déshabillée avant d'aller me baigner. Je... les cherchais le long de la route. Daniel! si
tu...

— Non, pas un mot, Cathy. Je n'ai pas tes clefs, je
n'ai pas de hache et je n'ai pas tailladé tes vêtements.
Viens, fit-il en lui entourant les épaules. Tu vas attraper
une pneumonie si tu ne mets pas tout de suite des vêtements secs. On s'occupera des clefs plus tard.

— Tu fais à peu près ma taille, ajouta Thérèse. Je
peux te prêter quelque chose. Et tu peux passer la nuit
avec moi.

— Oh! madame Roy va sans doute rentrer un peu
plus tard, assura Cathy. Mais je me sentirais mieux si
j'avais ma propre clef.

— Patrice en a sûrement une, fit Daniel en haussant
les épaules. Il a les clefs de tous les bâtiments.

À cette seule pensée, Cathy se sentit mal à l'aise et
s'efforça de penser à autre chose. Il ne lui fallut que
quelques minutes pour enfiler les vêtements que lui
prêta Thérèse, mais le frisson ne la quittait pas. Comme
ils approchaient du pavillon, elle aperçut Patrice qui les
regardait venir, son corps maigre appuyé contre l'un
des montants du porche. Faisant mine de ne pas le
remarquer, elle entra dans le pavillon et la joyeuse
atmosphère qui y régnait la réconforta. Elle s'installa

avec Thérèse près du foyer, où Daniel les rejoignit bientôt avec des tasses de cidre chaud.

— Je ne vois pas madame Roy, fit Cathy en fouillant du regard la pièce bondée.

— J'ai entendu dire qu'il y avait une discussion dans la salle à manger sur le romantisme classique, fit Daniel.

— Oh! alors elle est sûrement là. Je vais tâcher de la trouver.

— D'accord, on se revoit plus tard, répondit Daniel en touchant du doigt le rebord de son chapeau en guise de salut.

Le silence était total pendant qu'elle allait d'un pas précipité vers la salle à manger. Elle lança un coup d'oeil par-dessus son épaule, essayant de maîtriser la peur et la confusion qui l'habitaient. Et si elle rencontrait Renée... *«Je te dévoilerai des secrets si tu restes ici... Cathy... Cathy... que le sort a choisie.»*

Elle hâta le pas, le coeur battant, puis se mit à courir, les yeux fixés sur la route pour ne pas voir les ombres menaçantes. La salle à manger était déserte. Espérant que madame Roy soit retournée au chalet, elle décida de s'y rendre. En chemin, elle aperçut une ombre solitaire de l'autre côté de la route. Elle entendit le frottement d'une allumette, le léger sifflement d'une flamme qui jaillit, puis elle vit comme dans un éclair le visage inquiétant de Patrice. Elle resta figée sur place, prise dans l'étau de la peur que lui inspirait l'obscurité. Elle prit une profonde inspiration, se força à traverser la route et s'arrêta à bonne distance de lui.

— Patrice, fit-elle en essayant de maîtriser le tremblement de sa voix. J'ai perdu la clef de mon chalet et Daniel dit que vous en avez sûrement une autre.

Patrice ressemblait plus à une ombre qu'à un être humain. Son regard posé sur elle lui donnait des frissons dans le dos.

— C'est possible, répondit-il après d'interminables minutes. Le chalet numéro treize, n'est-ce pas? Je vais voir ce que je peux faire.

— J'apprécierais beaucoup. Merci. Eh bien... bonne nuit.

Elle n'avait qu'une envie, s'éloigner de lui. Elle s'engagea sur la route, quand sa voix la retint.

— J'ai appris que vous étiez très douée, dites donc. Le chouchou du professeur, à ce qu'on dit.

— Je... je ne vois pas ce que vous voulez dire.

— Non? Alors méfiez-vous. Vous pourriez avoir une mauvaise surprise.

Cathy s'entendit lancer d'un ton mordant, avec une voix qui la surprit elle-même :

— Je ne sais pas de quoi vous parlez. Mais de toute façon, rien de ce qui me concerne ne vous regarde.

Une allumette craqua encore une fois. Elle vit les yeux noirs briller dans la nuit.

— Vous avez raison. Quel être irréfléchi je suis! Mais vous devriez être plus prudente. N'importe qui pourrait trouver votre clef et s'introduire dans votre chalet.

— Je ne suis pas seule, j'ai une compagne de chambre.

— Une compagne? fit-il avec un rire étrange, comme si elle avait dit quelque chose de drôle. Si quelqu'un voulait s'en prendre à vous, continua-t-il en craquant une autre allumette, ce n'est pas votre compagne qui l'en empêcherait. Vous ne croyez pas?

Chapitre 8

Madame Roy avala ses oeufs brouillés et regarda Cathy d'un air préoccupé.

— Quelque chose ne va pas, Cathy? Tu es toute pâle. Ne me dis pas que tu t'inquiètes encore d'avoir perdu cette clef. Ce sont des choses qui arrivent. Il suffit de cacher la mienne quelque part à l'extérieur du chalet...

— Non, n'en faites rien, répondit vivement Cathy. Je vous trouverai, si j'ai besoin de rentrer. Ce n'est pas grave.

Elle avait le cerveau comme de la gélatine. Toute la nuit elle avait rêvé de Renée et s'était réveillée avec des sueurs froides.

— Ne te mets pas martel en tête. Tu es ici pour t'amuser, grands dieux! Ne te laisse pas troubler par des peccadilles.

Cathy hocha la tête et fit semblant d'avaler son déjeuner. Elle releva les yeux en entendant un petit sifflement de Daniel, qui se tenait dans la porte.

— Excusez-moi, fit-elle en se précipitant vers la cuisine, sans laisser à madame Roy le temps de réagir.

— Je t'ai vue! la gronda Daniel. Tu cachais ta nourriture sous ta rôtie... c'est un vieux truc.

— J'ai aidé à la cuisine, ce matin, renchérit Thérèse, une spatule à la main. Et chaque fois que ça arrive, des gens dissimulent quelque chose sous leur rôtie.

— Mais non, c'était très bon, je t'assure. Je n'ai pas faim, c'est tout.

Cathy se demandait si elle devait leur parler de son étrange rencontre avec Patrice, la veille, puis elle décida de se taire. Patrice avait été égal à lui-même, tout simplement, et c'est elle qui était paranoïaque. L'ombre à la hache dans la crique n'était que chimère, et quelque animal avait dû traîner et déchirer ses vêtements. Quant à la main levée, c'était le jeu de son imagination... *Mais la maison et Renée étaient bien réelles, pourtant?...*

— Tu m'écoutes? demanda Daniel en la secouant.

Elle le regarda d'un air hébété.

— Excuse-moi. Tu disais?

— Que je vais faire des courses au village, ce matin. Je t'emmène?

— J'y vais aussi, lança Thérèse. On pourra dîner là-bas.

— À quelle heure partez-vous? demanda Cathy en regardant sa montre.

— Dans une heure ou deux, répondit Daniel. Dès que nous en aurons fini ici.

— Je dois rencontrer Gabriel. Il va critiquer ma nouvelle.

— Oh, quelle chance! lança Daniel en claquant la porte du comptoir. Alors, c'est la semaine de Gabriel? Tu n'assisteras pas à d'autres cours durant tout ton séjour ici?

— Le fait est que j'aime les histoires d'horreur, et j'ai beaucoup à apprendre.

— En effet, c'est le genre de type de qui tu peux apprendre beaucoup.

— Bon. Je m'en vais, coupa Cathy. Où est-ce que je vous retrouve?

— Devant le pavillon, dans deux heures, répondit Daniel d'un air entendu. Alors, c'est une critique entre quatre-z-yeux? Une petite conversation en tête-à-tête?

— Une rencontre professionnelle, sans plus, lui précisa Cathy.

Gabriel était déjà dans la classe à son arrivée, penché sur une pile de papiers, avec Chouchou affalée à ses pieds. En entendant les pas de Cathy, il releva la tête et lui fit un sourire qui l'arrêta dans la porte.

— Cathy! Je craignais que tu me fasses faux bond.

— J'ai la couenne dure, fit-elle en grimaçant un sourire. Je sais faire face.

— Tu vas être déçue, si tu t'attends à une critique négative. Ton travail est exceptionnel.

Elle ne put s'empêcher de rougir et s'affaira à retirer son blouson, puis approcha nerveusement.

— Viens t'asseoir. Nous allons passer à travers ton manuscrit page par page.

— Gabriel... commença-t-elle en se mordillant la lèvre, hésitante. On dit que... enfin, je ne veux pas paraître curieuse mais... as-tu des nouvelles de Guillaume?

Il resta silencieux un moment, les yeux penchés sur ses papiers. Sa main ouverte reposait sur la table et Cathy le vit lentement fermer le poing.

— Non, je n'ai pas entendu parler de lui, fit-il calmement. Tu sais, Guillaume et moi ne sommes pas très liés. En fait, je ne m'inquiète pas beaucoup de lui.

Cathy se sentait stupide de s'être montrée indiscrète. Elle se tortilla sur sa chaise, muette, et attendit qu'il poursuive.

— À vrai dire, je crois que Guillaume n'a pas de vrais amis, ajouta-t-il sur un ton désinvolte, sinon des sangsues et des parasites, qui lui disent ce qu'il veut entendre.

— Oh! j'ai pensé que peut-être il vivait en ermite, comme beaucoup d'écrivains.

— C'est un alcoolique et un tyran. Il vit dans des rêves qui ne se concrétiseront jamais, parce qu'il n'y croit pas.

— Mais... il a pourtant écrit ce livre...

— Ce n'est pas lui, avoua Gabriel en la regardant en face. C'est mon roman qui a été publié sous sa signature. Ça faisait partie d'une entente. De toute façon, c'est sans importance et je n'aurais pas dû t'en parler. Oublie cette malheureuse conversation et parlons plutôt de ton travail à toi et de ton talent. Car tu as beaucoup de talent, Cathy. Avec un peu de chance et de persévérance, tu es vouée à un brillant avenir. Tu as une extraordinaire sensibilité pour ton âge. Ton travail a beaucoup de profondeur, de sentiment. Crois-moi, Cathy. C'est excellent.

Elle baissa les yeux et se tordit les mains.

— Tu rougis, fit Gabriel d'un air amusé. Ça te va à ravir, mais il n'y a pas de raison. Je ne veux pas te mettre mal à l'aise, excuse-moi. Regardons ta nouvelle.

Soulagée, Cathy oublia sa timidité et écouta attentivement ses remarques. Elle était heureuse d'avoir un autre point de vue que celui de madame Roy ou de ses camarades de la classe de création littéraire.

Elle avait toujours espéré, en son for intérieur, avoir du talent. Maintenant elle était convaincue qu'elle pouvait écrire, que son rêve pouvait devenir réalité. Quand Gabriel tourna la dernière page, son coeur était sur le point d'éclater.

— Fin, dit-il doucement. Mais pour toi, bien sûr, ce n'est qu'un début.

Elle se renversa sur sa chaise, les yeux scintillants. Il y avait quelque chose de magique dans la voix douce de Gabriel, dans ses yeux calmes et sereins, à tel point que le temps semblait s'arrêter, que le monde tournait de nouveau rond.

— J'ai envie d'aller me promener, fit-il en s'étirant. La matinée est magnifique. Viens marcher avec moi, Cathy.

Elle regarda sa montre. Daniel avait dit deux heures, mais elle n'avait pas envie de partir maintenant... de fuir la merveilleuse sensation qui l'habitait.

— Je dois être de retour bientôt, avoua-t-elle à contrecoeur. J'ai des amis à rencontrer.

— Ça ne prendra pas de temps. Les bois sont superbes, à cette heure-ci, et je connais des sentiers dont tu n'oserais même pas rêver.

Elle revit soudain la maison lugubre derrière la grille, l'ombre noire à la voix caverneuse. Elle s'était efforcée de ne pas y penser, mais un frisson la parcourut juste comme Gabriel lui prenait le bras pour l'entraîner hors du chalet.

— Tu as froid? fit-il en passant son bras autour de ses épaules avec un sourire. Il ne fait jamais très chaud, sous ces arbres. Le soleil n'arrive pas à percer. C'est sans doute pourquoi j'aime tant cet endroit. Tout y est si sombre... si mystérieux. Tout peut arriver, ici, sans que personne le sache, ajouta-t-il avec une expression songeuse.

Cathy sentit de nouveau un frisson la parcourir et elle essaya de se convaincre que c'était à cause de la température.

— Comment as-tu décidé de devenir écrivain, Gabriel?

— Il m'arrive de penser que j'étais prédestiné, gloussa-t-il. Je viens d'une famille très créatrice. Mes parents faisaient du théâtre, et nous aimions écrire et jouer des pièces entre nous. Guillaume était égocentrique, il aimait se donner en spectacle. Patrice — oh! nous retournons très loin en arrière — était un merveilleux imitateur... il pouvait imiter n'importe qui et n'importe quoi. Ses parents travaillaient pour les miens — son père était notre homme de confiance et sa mère, notre cuisinière — mais il était pour moi comme un frère. Bien plus que Guillaume...

Sa voix faiblit et l'émotion lointaine qui refaisait surface la rendait encore plus douce.

— Nous étions sublimes, à cette époque, inconscients d'être mortels, fit-il d'un air rêveur en cueillant une feuille séchée, qu'il broya entre ses doigts. Mes parents sont morts dans un accident. Ceux de Patrice étaient allés les chercher à l'aéroport, il pleuvait. Ils sont arrivés à un passage à niveau défectueux. Ils ont été tués sur le coup tous les quatre.

Cathy ferma les yeux, sensible à sa douleur. Une histoire aussi brutale n'avait pas sa place dans cet endroit si calme, si serein.

— Mon frère aîné Guillaume, au lieu de prendre ses responsabilités, s'est mis à boire. Peu à peu, il a dilapidé la fortune familiale pour payer ses dettes. Il nous reste le camp, que nous louons, et la maison d'été, où Guillaume tient sa cour. J'enseigne dans une école privée dans une petite ville du nord, et il y a aussi mes écrits, qui sont loin de nous procurer une vie princière.

— Et votre maison d'été... Est-ce... très près d'ici?

Cathy se mordit la lèvre, songeant à la mise en garde de Renée. Elle eut l'impression que le regard de Gabriel s'était tout à coup durci. Il lâcha ses épaules et souleva une grosse branche pour la laisser passer.

— C'est au fond des bois, loin de tout. Les étrangers n'y seraient pas les bienvenus, j'en ai peur. Guillaume est très... imprévisible.

Cathy lui laissa le temps de se ressaisir.

— Et Patrice?

— Il s'occupe du camp. Le reste du temps il travaille ici et là, au village et dans les villes avoisinantes, à toutes sortes de travaux. Il est très adroit de ses mains. Tout n'était que forêt, ici, quand nous étions enfants. C'est son père qui a déboisé et ils ont construit ensemble la plupart des chalets. Patrice a pris la relève après sa mort.

— Alors c'est là que vous demeurez lorsque vous venez ici? demanda Cathy en essayant de paraître naturelle. Dans votre maison d'été, je veux dire... toi et Patrice.

— Patrice a son propre chalet dans les bois. Mais oui, nous y restons tous les deux, si nécessaire.

— *Alors ce doit être la même maison.* Seulement vous deux? Personne d'autre?

— Bien... Guillaume, bien sûr. Et son étrange assortiment d'amies à l'occasion. On n'a jamais vu groupe plus bizarre, plus macabre. C'est pourquoi Patrice se tient loin. Il les voit comme une bande de cinglées. Je méprise ces gens-là.

Cela explique tout... Renée doit être l'une des curieuses amies de Guillaume... Voyant que Gabriel avait les yeux posés sur elle, elle se hâta de changer de sujet.

— Les familles nombreuses me fascinent. Moi, je n'ai ni frères ni soeurs.

— On peut difficilement appeler cela une famille.

— Oh! mais votre vie paraîtrait très intéressante à bien des gens, rétorqua Cathy en fixant du regard l'épais tapis de feuilles à ses pieds. Pourquoi n'écris-tu pas un livre à son sujet?

— Pour cela, fit-il avec un sourire mystérieux, il faudrait déjà connaître le dénouement. C'est toi, la romancière. Dis-moi comment l'histoire finit.

Elle rit timidement, ne sachant trop ce qu'il voulait dire.

— Je ne suis pas très bonne pour tisser la trame. J'écris à mesure que les choses me viennent à l'esprit.

— Ah! une auteure instinctive. Je vois. Tu as un instinct très sûr. Tu sais manier la peur, aussi, fit-il en l'enveloppant du regard. Tu es très douée, pour la peur.

— La peur? fit-elle en pouffant de rire. Tout le monde devrait savoir écrire à propos de la peur, non? On a tous peur de quelque chose.

— Oui, c'est triste, n'est-ce pas? La peur est si insidieuse... elle consume lentement. Et toi, Cathy... de quoi as-tu peur?

— Oh! je ne sais pas, fit-elle en hâtant le pas dans l'espoir qu'il change de sujet. Je crois que j'aime avoir peur.

— Et rien ne t'effraie vraiment?

— Oh, bien sûr! fit-elle avec un petit rire nerveux.
Me sentir prise au piège. Les mauvaises surprises. Les
situations désespérées, comme...

Elle s'arrêta soudain, pivota sur elle-même et scruta la forêt dense et silencieuse.

— Tu as entendu? On aurait dit des bruits de pas.
Comme si on nous suivait.

— Non, fit Gabriel, étonné. Personne ne connaît
l'existence de ce sentier, Cathy. Il n'est pas sur le plan.
C'est le vent, sans doute. Allez, viens.

Sans prévenir, il lui prit la main. Elle en éprouva un
doux frisson dans les doigts, qui chassa son inquiétude. Il avait une poigne douce et ferme. De temps à
autre elle risquait à la dérobée un coup d'oeil sur son
beau profil. *Je ne peux pas croire que je suis ici... que
tout ça est vrai...*

— Cathy? Tu ne m'écoutes pas. C'est le bruit que tu
crois avoir entendu qui t'inquiète? Ou notre conversation à propos de la peur?

Il lui mit les mains sur les épaules et la força à le
regarder, les yeux baissés sur elle avec un sourire
moqueur.

— Non, bien sûr que non. Je n'ai pas peur.

Du bout des doigts il lui caressa les cheveux, la joue.
Puis son sourire s'estompa et il prit un air pensif.

— En tout cas, pas de moi, j'espère. Tu n'as pas
peur de moi, n'est-ce pas, Cathy?

Elle ouvrit la bouche pour répondre... mais il l'interrompit d'un baiser. Ses lèvres cherchaient son menton...
sa gorge... Haletante, elle sentit ses bras la serrer de plus
près. Une douce chaleur l'envahissait... elle tressaillit.
Il releva enfin la tête et la garda pressée contre lui.
Elle avait une impression d'éternité. Autour d'eux la

forêt bruissait de tremblements secrets. Quand il desserra enfin son étreinte, elle lissa son chemisier, les doigts frémissants.

— Viens, fit-il. Je croyais que tu devais rencontrer des amis.

— Oui, je devrais rentrer, murmura-t-elle.

Cette fois il ne lui prit pas la main. Il marchait devant, le front bas, se tournant à l'occasion pour s'assurer qu'elle le suivait. Habitée d'émotions confuses, elle observait la ligne de ses épaules, sa démarche assurée, imaginait la douceur de ses lèvres sur les siennes. Puis, troublée, sans doute, elle trébucha sur un tronc d'arbre et s'étala de tout son long sur le sentier.

Il se précipita auprès d'elle, lui passa un bras sous la taille. Pendant qu'elle essayait de se relever, elle aperçut quelque chose dans le sous-bois qui la figea, puis un élan de colère la fit reprendre pied subitement.

— Daniel! J'aurais dû m'en douter!

Sa rage inattendue fit perdre l'équilibre à Gabriel, qui dut se retenir à un arbre, la dévisageant comme si elle avait perdu la raison.

— Cathy, pour l'amour du ciel, qu'est-ce...

— Je t'avais bien dit que j'avais entendu quelque chose, bredouilla-t-elle. Et voilà qu'il remet sa stupide plaisanterie...

— Quelle plaisanterie? De quoi parles-tu?

Au grand désarroi de Gabriel, Cathy plongea dans les hautes herbes et en ressortit avec quelque chose à la main.

— Tu vois? fit-elle en lui agitant un gant sous le nez, rageuse. Ça ne peut être que Daniel qui a fait ça!

Elle lança le gant sur le sol, sous le regard éberlué de Gabriel.

— De quoi parles-tu? Et qui est Daniel?

— Daniel Drolet, marmonna-t-elle. Il travaille à la cuisine et suit ton cours avec moi. Oh! attends que je l'attrape!

— Drolet... Drolet... oui, bien sûr, je l'ai déjà eu dans une classe d'été. J'ai bien peur qu'il ne m'aime pas beaucoup. Si mon souvenir est bon, il avait des idées passables, mais quant à l'exécution... Pour être honnête, je suis étonné qu'il suive mon cours. La dernière fois, nous avons eu des discussions houleuses. Il avait des idées très arrêtées.

— Et il a un sens de l'humour macabre, ajouta Cathy en regardant d'un oeil rageur le gant sur le sentier. Mais il n'est pas très futé. Ceci prouve qu'il a planté l'autre près de mon chalet.

— S'il te plaît, fit Gabriel en s'approchant prudemment, les mains tendues. Vas-tu enfin me dire de quoi tu parles?

— Ce gant, fit Cathy en attrapant un des doigts flasques. Hier, près de mon chalet, Chouchou en avait un identique, sauf que... expliqua-t-elle avec une hésitation, se sentant tout à coup ridicule de lui raconter cette histoire. Bien... lorsque je l'ai enlevé à Chouchou, il y avait... j'ai eu l'impression qu'il y avait... Gabriel, qu'est-ce qui ne va pas?

Alarmée, Cathy vit Gabriel blêmir. Il fixait des yeux le gant et le lui prit des mains. Elle put voir que ses doigts tremblaient faiblement.

— Gabriel, qu'y a-t-il? fit-elle en haussant la voix, tandis qu'il tournait et retournait le gant dans sa main, longeant du doigt une tache brun rougeâtre qui débordait sur la doublure.

— Comment était l'autre? demanda-t-il d'une voix qui n'était plus la sienne... une voix basse et étrangement rauque...

— La main, murmura-t-elle, sans se rendre compte qu'elle avait reculé, devant l'étrange expression livide de Gabriel. Il y avait une main à l'intérieur. Mais c'était une blague, j'en suis sûre... Gabriel?

— Je le reconnais, murmura-t-il, c'est...

Il s'arrêta net et releva les yeux comme s'il sortait d'un rêve.

— Reste sur ce sentier, il va te ramener d'où nous sommes partis.

— Gabriel? fit-elle en avançant vers lui, mais son regard l'arrêta.

— Va, Cathy. Va, maintenant.

Elle restait plantée là à le regarder, interdite, puis il tourna les talons et disparut dans la forêt.

Chapitre 9

— Ne me dis pas! lança Daniel, les bras levés au ciel en voyant Cathy arriver au pas de course. J'avais dit deux heures, pas deux jours!...

— J'espère que tu es satisfait! lui rétorqua Cathy avec un regard furibond.

— Que tu sois ici? Bien sûr. Nous sommes en retard, mais maintenant nous pouvons partir.

— Ce n'est pas ce que j'ai voulu dire et tu le sais.

Daniel s'appuya contre la camionnette, essayant de jauger son expression.

— Bon! grogna-t-il. Qu'est-ce qu'il y a encore?

— Ne joue pas les innocents, Daniel. C'est affreux, ce qui est arrivé.

Elle ferma les yeux et compta jusqu'à dix. Lorsqu'elle les rouvrit, Daniel et Thérèse la regardaient, interloqués.

— Tu m'as suivie dans la forêt. Tu nous as espionnés, Gabriel et moi.

— Espionnés? fit Daniel, éberlué. Qu'est-ce que vous faisiez, Gabriel et toi?

— Et tu as flanqué ce stupide gant...

— Oh non! Pas encore ce gant. C'est trop fort!

— Tu sais que j'ai raison! Pourquoi ne veux-tu pas l'admettre et qu'on en finisse?

— Vas-y, Thérèse. Dis-lui que ce n'est pas moi.

— Pas toi? demanda Thérèse les yeux écarquillés, confuse comme toujours. Je ne sais même pas de quoi vous parlez!

— Moi non plus! grimaça Daniel. Cathy, Thérèse et moi on ne sait pas de quoi tu parles. Maintenant, est-ce qu'on peut lever l'ancre?

— Ça me plairait bien, se réjouit Thérèse. Comme ça, on pourra aller prendre un dîner que quelqu'un d'autre aura préparé, pour faire changement.

Exaspérée, Cathy monta dans la camionnette à côté de Thérèse. Daniel prit le volant et en quelques minutes ils se trouvèrent sur la route cahoteuse en direction du village. Le silence pesait et Daniel poussa enfin un long soupir qui attira l'attention de Cathy.

— Alors. Parle-moi de ce gant. Je veux savoir.

Cathy regarda son reflet dans le rétroviseur. Il avait l'air si innocent qu'elle sentit son entêtement flancher, et son regard accusateur se radoucit.

— Le gant était sur le sentier lorsque je revenais avec Gabriel. Il ressemblait à celui que tu ne crois pas que j'ai vu. Celui qui contenait une main... Celui que j'ai retiré de la gueule de Chouchou, près de mon chalet.

— D'accord. La main coupée, fit Daniel en roulant les yeux.

— Comme tu sais, Gabriel et moi avions rendez-vous ce matin pour la critique de ma nouvelle. Et nous sommes allés nous promener dans le bois, puis nous sommes revenus, et je suis tombée, et c'est alors que je l'ai trouvé... mais d'abord, j'avais cru entendre quelque chose... seulement, Gabriel avait l'air si étrange... tout cela semblait le bouleverser...

— Stop! cria Daniel en empoignant son chapeau qu'il fit tournoyer, tout en essayant de ne pas quitter la route des yeux. Fais marche arrière et recommence s'il te plaît, lentement, calmement.

Après une grande inspiration, Cathy reprit son récit. Quand ils arrivèrent enfin au village, Daniel et Thérèse étaient aussi perplexes qu'elle.

— C'est étrange, en effet, admit Daniel en entrant dans un terrain de stationnement derrière une petite épicerie. Ce gant doit avoir une signification pour Gabriel, pour qu'il agisse de la sorte.

— Il a dit qu'il le connaissait, ajouta Cathy sérieusement. Et je ne sais pas pourquoi, mais il était vraiment pressé que je m'en aille. Il était tout blême. Il avait l'air malade.

— Ça devait être des gants chers, pouffa Daniel. Ça le rendait malade de voir pareil gaspillage!

— Daniel! s'impatienta Cathy. Et les bruits que j'ai entendus, alors?

— Probablement un animal. Sans doute le même qui a mangé ton maillot de bain. Il connaît ton odeur, tu n'as plus aucune chance. Où que tu ailles, il te suivra...

— Daniel!...

— D'accord, oublie ça, fit-il en sautant de la camionnette. Alors! Qui va à l'épicerie, qui va au bureau de poste et qui...?

— Tu vas chercher le courrier, ordonna Thérèse, Cathy et moi on fait les provisions et on se retrouve dans une heure.

Les courses se firent plus rapidement que prévu. Les filles chargèrent donc la camionnette et partirent à la recherche de Daniel. Elles finirent par le trouver en train de bavarder avec le pompiste. Comme ils se dirigeaient vers le restaurant, Daniel s'arrêta soudain et pointa du doigt.

— Regardez... la créature marche vers nous.

Ils se cachèrent dans une entrée juste comme Patrice tournait le coin, les bras chargés de boîtes. Sans se douter qu'on l'observait, il mit ses colis dans la fourgonnette et retourna d'où il était venu.

— Pourquoi nous cachons-nous? demanda Cathy, ennuyée.

— Parce qu'on l'espionne, fit Daniel en grimaçant un sourire.

— Comme il est beau, soupira Thérèse. Même s'il me donne la frousse.

— Silence, ordonna Daniel avec un coup d'oeil réprobateur à Thérèse. Il revient.

Patrice reparut, les bras encore chargés de boîtes, qu'il enfourna de nouveau dans la camionnette.

— Il fait tout simplement des provisions, comme d'habitude, soupira Thérèse. Je ne vois pas ce qu'il y a de si intéressant là-dedans.

— Des provisions? demanda Daniel du coin de la bouche. À moins que ce soient des instruments chirurgicaux... ou des morceaux de ses victimes...

— Regardez, fit Cathy en leur faisant signe de se taire, tout en se mettant de nouveau à couvert. Il se passe quelque chose.

Ils reprirent leur poste d'observation et virent une voiture se ranger le long du trottoir avec un grincement de freins. Patrice fit un bond en arrière, les sourcils froncés, puis la portière s'ouvrit et Gabriel sortit en trombe.

— Mon Dieu! murmura Thérèse. Il a l'air vraiment fâché.

— Je voudrais bien entendre ce qu'ils disent, fit Daniel en étirant le cou, tandis que Cathy le retenait.

Gabriel avait effectivement l'air furieux. Il s'avança vers Patrice en le forçant à reculer contre le mur. Il lui montrait quelque chose. Patrice regardait, les yeux vides d'expression, puis il tendit lentement la main et prit l'objet, le souleva dans le soleil... Cathy demeura sans souffle. C'était un gant brun. Oubliant les précautions, elle fit un pas en avant, tandis que Daniel tirait son chemisier pour la forcer à reculer. Patrice parlait d'une voix basse et égale, et le regard de Gabriel était apeuré, presque désespéré. C'est alors que, éberlués, ils virent Patrice saisir doucement Gabriel par les épaules et le presser de rentrer dans sa voiture. Puis il sauta dans sa fourgonnette et le suivit.

— Eh bien, fit Daniel en sortant de l'ombre, qu'est-ce que vous pensez de ça?

— Je trouve que c'est touchant, fit Thérèse, les yeux embués. Gabriel avait l'air si bouleversé, et Patrice l'a rassuré. Il ne faut pas lui dire que nous l'avons vu, ça pourrait l'embarrasser.

— Bonne idée, acquiesça Daniel. Allons-nous-en. J'ai une faim de loup.

Il les entraîna vers le restaurant. Cathy le regardait avec étonnement. Pour quelqu'un qui avait tellement envie d'espionner, il était tout à coup très désintéressé. Elle attendit qu'ils eurent pris place et commandé, et que Thérèse soit partie à la salle de bains avant de le confronter.

— Alors, Daniel. Tu me sembles bien décontracté, à propos de tout cela.

— Attends, je ne veux pas que Thérèse entende, fit-il en jetant un regard autour de la pièce. Elle en aurait des cauchemars pour le reste de ses jours.

— Alors? fit-elle en se penchant en avant, intriguée par son air soucieux.

— Alors? fit-il en écho. C'était le gant, n'est-ce pas? Celui dont tu m'as parlé. Celui que tu m'as accusé d'avoir déposé sur le sentier.

— Je pense que oui, admit-elle à contrecoeur. Enfin, d'après ce que j'ai vu. Gabriel avait l'air hors de lui. Daniel, si tu as vraiment déposé ce gant, tu dois l'avouer, parce qu'il y a quelque chose qui ne tourne pas rond.

— À qui le dis-tu! fit-il en se penchant, sa tête touchant presque celle de Cathy. Pourquoi un gant ferait-il une telle histoire? Dis-moi pourquoi un pauvre petit gant pourrait causer un tel émoi chez Gabriel?

— Parce que... parce qu'il l'a perdu? Parce qu'il l'a cherché longtemps?

— Et si ce n'était pas le sien? Si c'était celui de Guillaume?

Le sang de Cathy ne fit qu'un tour.

— Ciel! Daniel, qu'est-ce que tu racontes?

— Je dis que c'est peut-être le gant de Guillaume, et que Guillaume a disparu. Peut-être que Gabriel l'a reconnu, juste avant de te demander de partir. Penses-y, Cathy. Il vient jusqu'ici, à la recherche de Patrice. Ils ont une scène, Patrice repart avec lui, simplement parce que Gabriel lui montre ce gant.

Cathy se renversa sur son siège, prise d'une faiblesse soudaine.

— Il était taché...

Cette fois, c'est Daniel qui semblait mal à l'aise.

— C'est un gant de travail. C'est normal qu'il soit taché.

— Non, ces taches étaient différentes. C'étaient des taches sombres, nombreuses.

Elle saisit son verre d'eau, les doigts tremblants.

— Donc, ce que tu dis, c'est que...

— Ce que je dis, c'est que c'est bizarre! fit Daniel dégoûté, la voix presque rageuse. C'est tout ce que je dis...

— Que quelque chose est arrivé à Guillaume...

— Cathy, fit Daniel sur le ton de la mise en garde. Peut-être qu'il est disparu... parce qu'il est mort...

— Attention, Thérèse arrive... Mais, Daniel... fit-elle en lui attrapant le bras, le regard effrayé. Alors ce gant, celui que Chouchou avait dans la gueule... c'était... la main de Guillaume Drouot.

Daniel la dévisagea avec une expression sinistre.

— Si c'est le cas, alors où se trouve le reste?

Chapitre 10

— Je ne comprends pas pourquoi vous n'avez pas mangé et pourquoi vous êtes maintenant si silencieux. Moi, je trouve qu'on a eu une journée extraordinaire, lança Thérèse, radieuse.

— T'as bien raison, grommela Daniel derrière le volant. Et la rencontre de Patrice et Gabriel n'a fait qu'y mettre un peu de piquant!

— Dis donc, Daniel, enchaîna Cathy sans quitter des yeux le paysage, tu ne m'as jamais dit que tu avais déjà suivi un cours avec Gabriel? J'ai entendu dire que tu étais un vrai trouble-fête.

— Je m'en souviens, intervint Thérèse. Est-ce qu'il ne te disait pas que toutes tes histoires étaient prévisibles, qu'il n'y avait pas de suspense, que tu n'arrivais à effrayer personne et...

— Thérèse! siffla Daniel entre ses dents. S'il te plaît... la ferme!

Il appuya sur l'accélérateur et lança la camionnette à l'assaut de la pente. Thérèse ferma les yeux et chantonna pour elle-même, tandis que Cathy plongea dans ses pensées, un embrouillamini d'idées noires... La première chose qu'elle sût, c'est que Thérèse lui tirait la manche.

— Cathy? Ça va? On est arrivés.

— Ciel! j'ai dû m'assoupir, fit-elle en s'empressant de passer les provisions à Daniel par la portière. Gabriel est censé donner un cours, cet après-midi. Tu y vas, Daniel?

— J'ai bien peur de le manquer, répondit-il en lançant les paquets sous le porche sans la regarder. Je suis de corvée à la cuisine.

— Alors je prendrai des notes pour toi, fit-elle en les quittant.

Arrivée près de son chalet, elle s'apprêtait à fouiller dans son sac quand elle se souvint qu'elle n'avait toujours pas de clef. En ronchonnant, elle secoua impatiemment le loquet et fut surprise de voir la porte s'ouvrir. En regardant à l'intérieur, elle eut le souffle coupé et dut s'agripper au mur.

Tout, dans la moitié de la pièce qu'elle occupait, était saccagé. Le contenu de sa valise avait été sauvagement éparpillé et ses vêtements, dont certains étaient déchirés, traînaient partout. Son oreiller était lacéré de grands coups de couteau. Rien, des choses de madame Roy, n'avait été touché. Le silence implacable lui parut soudain menaçant. Comme elle faisait lentement marche arrière, elle vit que la lumière de la salle de bains était allumée. Quelque chose de rouge brillait derrière la porte... Son coeur s'arrêta de battre. *Je vais aller chercher Daniel... Je vais appeler la police... Gabriel saura quoi faire...* Mais, mue par une infâme curiosité, elle alla malgré elle jusqu'à la salle de bains. Elle haletait, les mains pressées contre sa bouche pour contenir sa frayeur...

Du sang. Il y avait du sang éclaboussé partout... sur les murs... la céramique... dans le lavabo... sur le sol en grands arcs de cercle poisseux... Sous la porte close de la douche des taches sombres s'allongeaient, déjà coagulées en un liquide visqueux qui imbibait la descente de bain. Elle aperçut le reflet de son visage dans le miroir, blême, apeuré, encadré de longues marques rouges... Et juste en dessous... une inscription avait été rageusement tracée : *LE CHOUCHOU DU PROFESSEUR*.

Pendant une fraction de seconde, la pièce maculée de rouge chavira autour d'elle, une odeur de mort lui serrant la gorge. Elle recula lentement, tâtonna pour trouver la porte et, quand elle sentit le seuil sous ses pieds, elle fit volte-face et prit ses jambes à son cou en direction des cuisines.

Daniel leva les yeux de la cuisinière et fit un grand salut en la voyant surgir en trombe. Il allait faire une blague, mais se ravisa en observant les traits de Cathy, qui l'entraîna sous le porche arrière, loin des oreilles indiscrètes.

— Daniel, dépêche-toi. Quelqu'un est venu dans mon chalet. Il y a du sang partout... ils ont tout mis sens dessus dessous... et il y a un message dans le miroir de la salle de bains. N'en parle pas à Thérèse. N'en parle à personne pour l'instant. Je ne sais pas quoi faire!

— Calme-toi. Allons voir. Hé! Thérèse, fit-il en passant la tête à l'intérieur. Je vais chercher quelque chose au pavillon. Je reviens.

Il referma la porte d'un geste vif et attrapa Cathy par le bras, la traînant pratiquement sur la route.

— Ont-ils volé quelque chose?

— Je n'ai même pas vérifié. Je me suis souvenue que je n'avais pas de clef, mais la porte était ouverte.

Et je crois qu'il y a quelque chose dans la douche! Oh! je t'en prie, dépêche-toi.

Une fois arrivés au chalet, Daniel entra le premier et resta bouche bée à la vue du désordre. Cathy le poussa vers la salle de bains en se pinçant le nez. Le regard incrédule de Daniel fit le tour de la pièce, pour s'arrêter sur les lettres tracées en travers du miroir.

— Qu'est-ce que ça signifie? fit-il. Un étudiant jaloux?

— Je ne sais pas. Regarde, je pense qu'il y a quelque chose là-dedans.

Elle indiqua la cabine de la douche, puis recula tandis que Daniel ouvrait délicatement la porte.

— Ciel...

— Oh! Daniel, qu'est-ce que c'est? Il y a quelqu'un? Laisse-moi regarder...

— Non, fit-il en lui mettant les mains sur les épaules, puis en la repoussant doucement contre le lavabo. On dirait qu'un animal a été tué ici. Comme si on l'avait saigné... je n'ai jamais vu autant de sang.

— Je pense que je vais vomir.

— Ne te gêne pas, fit-il en hochant la tête et, tandis qu'elle se laissait glisser sur le sol comme une loque, il mouilla une serviette et la lui tendit.

— C'est l'odeur, haleta-t-elle en tenant la serviette sous son nez. Tu ne sens pas?

— Tu veux dire le sang? Cette odeur métallique...

— Non, c'est autre chose. Une odeur que je n'arrive pas à reconnaître, dit-elle en inclinant la tête pour lutter contre le vertige. Oh, Daniel, c'est terrible! Qu'est-ce qui se passe?

— C'est peut-être un avertissement? suggéra Daniel en se grattant la mâchoire. Quelqu'un qui n'aime pas ce que tu écris? Si c'est le cas, la critique est de taille!

Cathy le dévisagea et, soudain, elle pouffa de rire, en proie à l'hystérie.

— Sois donc sérieux!

— D'accord, dit-il en s'agenouillant à ses côtés. Ça peut vouloir dire aussi que quelqu'un n'aime pas l'attention que t'accorde Gabriel, pas vrai? Penses-y, Cathy. Il t'a remarquée, il s'est extasié sur ta nouvelle, il t'a emmenée faire une promenade...

— Mais ça n'a aucun sens. Qu'est-ce que ça peut faire qu'il s'intéresse à moi?

— On ne sait jamais ce que les gens pensent, Cathy. Les fous n'ont pas leur état écrit sur le front.

— Tu crois que c'est un fou qui a fait ça?

— Bien... tu sais, saccager la chambre d'une fille, immoler un animal dans sa douche, écrire des graffiti dans son miroir avec du sang...

— Alors ça prouve que j'avais raison, lança-t-elle tout net. Je t'ai dit qu'hier, quand je me baignais avec Thérèse, quelqu'un me surveillait de la plage. C'était délibéré, tu le vois bien? Il a pris ma clef et taillade mes vêtements. Oh! Daniel, pourquoi m'en veut-on? Je ne connais personne ici, je n'ai rien fait qui...

Un coup frappé à la porte les fit sursauter. Daniel se mit un doigt sur les lèvres et, tandis que Cathy reculait en retenant son souffle, il regarda avec précaution dans la pièce.

— C'est Patrice, murmura-t-il par-dessus son épaule. Il entre.

Il se plaqua contre le mur derrière la porte et Cathy se précipita dans la pièce.

— Que faites-vous ici? Est-ce que c'est dans vos habitudes de faire irruption dans les chalets sans prévenir?

Patrice figea dans l'embrasure, ses yeux noirs passant de Cathy au désordre de la pièce. Un bref instant, Cathy crut y voir une lueur... *mais quoi, au juste?... surprise?... inquiétude?...*

— Qu'est-ce qui s'est passé ici? fit-il d'une voix cassante.

— J'ai trouvé la pièce dans cet état en rentrant tout à l'heure, répondit Cathy d'une voix tremblante.

Il observait la scène sans dire un mot, puis finit par demander :

— Personne n'a été blessé?

— Non.

— Rien n'a été volé?

— Je ne crois pas.

Il hocha lentement la tête et son regard se tourna vers la porte close de la salle de bains.

— Vous êtes rentrée là?

— Oui. Mais il n'y a rien.

Patrice promena lentement ses yeux noirs sur le désordre... examina les murs... le plancher. Puis il lui tendit quelque chose.

— Voici votre clef. Essayez de ne pas la perdre, cette fois. Je vais vous apporter une nouvelle literie.

En prenant sa clef, Cathy sentit la force qui se dégageait de sa main ouverte.

— Ça arrive, dit-il sèchement. Vandalisme. Les chalets sont souvent dévalisés. Je vais faire rapport... mais ça arrive.

Cathy ne dit rien et le regarda passer la porte, s'engager sur le sentier. Puis elle fut surprise de le voir se retourner, poser ses yeux profonds sur elle en fermant lentement le poing.

— À votre place, je ferais très attention, lança-t-il d'une voix aussi énigmatique que son expression.

Tremblante, Cathy se mit la main sur les yeux. Lorsqu'elle regarda de nouveau, le sentier était désert.

Chapitre 11

Cathy fut surprise de trouver Gabriel en classe cet après-midi-là. Elle l'aperçut juché sur le bord d'un pupitre, son profil tendu baigné de soleil. Il regarda sa montre et, quand tout le monde fut assis, il contempla un moment le paysage par la fenêtre, puis regarda d'un air songeur Chouchou lovée à ses côtés.

— La peur, commença-t-il lentement, joue rarement franc jeu. Sa meilleure arme est souvent la surprise, souvent la distorsion et... toujours l'inconnu.

Une fois de plus, Cathy se sentit envoûtée par le charme de sa voix et elle ferma les yeux pour l'écouter.

— Peut-être que l'inconnu qui nous fait le plus peur, c'est nous-mêmes... nos côtés sombres. Nous n'aimons pas nous rappeler de quoi nous sommes capables, craignant que nos mauvais côtés se dévoilent à notre insu, sans prévenir. Qu'ils prennent le dessus... transforment ce qu'il y a d'humain en nous en une bête féroce qui attend le moment propice pour frapper.

Chouchou bâilla, regardant d'un air dédaigneux les visages attentifs.

— Cet après-midi, nous allons travailler une autre technique : la description. Nous allons apprendre comment créer une atmosphère et la communiquer par les sens. J'ai dressé une liste d'endroits, dans le camp, qui me semblent offrir une certaine atmosphère, et j'en ai assigné un à chacun et chacune d'entre vous. J'ai affiché la liste dans le pavillon au cas où on aurait besoin de vous joindre. Je vous demande de décrire cet endroit. Il s'agit autant d'une description physique du lieu que des impressions qui s'en dégagent, afin que les lecteurs ressentent ce que vous éprouvez. Vous déposerez vos travaux ici et je les prendrai après le dîner. Entre temps, je serai au pavillon si vous avez besoin de moi.

Tandis que les élèves prenaient leurs instructions et se hâtaient de partir, Cathy traînait derrière, attendant que la salle se vide. Le souvenir de son chalet dévasté lui revenait comme un cauchemar et elle ferma les yeux pour chasser ces horribles images. Lorsqu'elle les rouvrit, Gabriel la regardait, à l'autre bout de la pièce déserte. Elle lui fit un sourire hésitant.

— Je voulais juste m'assurer... est-ce que tu vas bien?

Sa sollicitude sembla le prendre de court.

— Mais bien sûr, merci. Y a-t-il une raison pour qu'il en soit autrement?

— Tu paraissais si bouleversé, après notre promenade, ce matin.

— Je n'ai pas été très poli, c'est vrai. Je me suis soudain rappelé un rendez-vous important, mais cela n'excuse pas mon comportement. Tu me pardonnes?

Elle hocha lentement la tête.

— Je suppose que tu n'as pas de nouvelles de Guillaume?

Le regard de Gabriel soutint celui de Cathy avec une expression intense, mais sa main s'arrêta en l'air au-dessus de la tête de Chouchou. La chatte se roula sur le côté et lui donna un léger coup de griffe qu'il ne parut pas sentir.

— Tu dois être très inquiet, continua-t-elle prudemment.

Elle crut percevoir un tremblement chez Gabriel. Il avait les muscles tendus, le regard assombri. Son expression semblait figée et il eut un sourire forcé.

— Tu n'as pas à t'inquiéter de Guillaume, ce n'est pas la première fois qu'il fait une escapade, dit-il en flattant machinalement le dos de Chouchou. Je suis sûr qu'il va refaire surface. La vie ne peut pas s'arrêter à cause de lui, n'est-ce pas? Tu attends ton devoir? J'ai essayé de penser à un endroit qui te plairait tout particulièrement. C'est un peu en retrait, mais tu le verras facilement de la piste.

Cathy accepta le papier qu'il lui tendait, un peu vexée par son soudain changement d'attitude. Elle allait partir sans dire un mot quand elle sentit ses doigts se refermer sur son coude.

— Cathy... dit-il doucement en lui caressant une mèche de cheveux. Tu es si extraordinaire... tellement que... cela m'effraie...

Il s'interrompit, le regard accroché à la porte derrière elle, comme paralysé. Il avait les mains sur ses épaules et la serra si fort qu'elle en tressaillit.

— Gabriel, tu me fais mal.

— Excuse-moi, Cathy, fit-il d'une voix soudain distraite en gagnant la porte à grands pas, mais je crois qu'il s'est passé quelque chose.

Intriguée, elle le regarda partir, Chouchou à ses trousses. Elle le suivit et l'aperçut de l'autre côté de la route avec Patrice. Ils semblaient discuter ferme et

Gabriel regardait vers la forêt. En apercevant Cathy, il dit quelque chose à l'oreille de Patrice et ils rentrèrent ensemble dans le pavillon. Elle haussa les épaules, baissa les yeux sur son devoir et se mit en route.

— Hou! Hou! Cathy! Où t'en vas-tu?

C'était la voix familière de madame Roy. Cathy lui fit un signe de la main et lui expliqua son devoir.

— Oh, c'est merveilleux! Tu permets que je t'accompagne? Je serai peut-être inspirée moi aussi.

Cathy n'était pas enchantée mais, comme il était difficile de refuser avec grâce, elle acquiesça.

— Je ne sais pas où se trouve cet endroit — la Grotte des Drouot. C'est quelque part passé le lac.

— Mais tu as un plan, à ce que je vois. Viens, nous allons sûrement la trouver.

Cathy prit la tête, écoutant d'une oreille distraite le bavardage ininterrompu de madame Roy. Elle fut soulagée quand celle-ci lui indiqua un petit coin qui avait piqué son intérêt.

— Ah! imagine la scène, Cathy. Un héros blessé, gémissant de douleur, et l'héroïne attentionnée qui s'affaire auprès de lui...

Cathy éclata de rire.

— Si vous avez l'intention de rester ici, je vous reprendrai à mon retour.

— Parfait. Qui sait? J'aurai peut-être déjà écrit tout un roman?

Cathy continua son chemin, les éclats de rire de madame Roy s'éteignant derrière elle. Au bout d'un moment, elle se demanda si elle ne faisait pas fausse route. Elle n'avait pas vu âme qui vive sur le sentier et le profond silence l'oppressait. Elle s'arrêta pour reprendre son souffle, examina le plan et se laissa aller contre un arbre, les yeux fermés. Puis un frisson monta lentement le long de ses bras et elle ouvrit les yeux, un cri pris dans la gorge. Pendant un horrible instant, elle eût la sensation qu'on l'épiait. Elle scruta du regard le sentier... le bois environnant... si dense, bigarré d'ombres et de couleurs. *Cathy... Cathy... que le sort a choisie... Le chouchou du professeur.*

Elle jeta un coup d'oeil par-dessus son épaule, puis reprit sa route en hâtant le pas. Elle aperçut enfin un petit sentier qui quittait la piste pour descendre en spirale vers un fourré clairsemé qui laissait voir l'ouverture béante d'une grotte. Pour ce qui est de l'atmosphère, Gabriel avait eu raison, l'endroit était sinistre, désolé. Elle hésita à quelques mètres de l'entrée, dans un rond de lumière, prit une grande inspiration et continua d'avancer. Un dôme de feuillage se refermait sur elle, tamisant la lumière. L'entrée était encombrée de gravillons et d'herbes hautes qu'une brise humide agitait faiblement. La lumière se faisait de plus en plus rare, jusqu'à disparaître dans les profondeurs de la grotte. Elle essayait de percer l'obscurité, curieuse... et vit quelqu'un qui la regardait. Elle poussa un cri, le regard fixé sur les yeux noirs qui sortaient lentement de l'ombre. La silhouette de Patrice se détacha sur le fond d'obscurité et se planta droit devant elle.

— Qu'est-ce que vous faites ici? lança-t-elle en reculant, une main posée sur son coeur en bataille.

Patrice la regarda d'un air songeur, la dévisageant de la tête aux pieds.

— Mon travail, sans plus, fit-il avec un haussement d'épaules.

— Oh! fit-il en levant un sourcil, je croyais que vous aimiez être effrayée. Du moins, à ce que m'a dit Gabriel.

Déconcertée, elle fit un effort pour garder une voix calme.

— Je... je voudrais que vous partiez. J'ai une composition à faire.

— Ah! alors c'est vous qui avez hérité de la grotte.

— Comment êtes-vous au courant?

— J'ai aidé Gabriel à dresser sa liste. Je connais le coin mieux que lui.

— Alors il n'y a pas de raison pour que vous restiez ici. Je ne peux pas écrire quand on me regarde.

— C'est un coin de prédilection pour les serpents... fit-il en pointant du menton l'entrée de la grotte. J'ai déjà trouvé des nids à l'intérieur.

Cathy sentit son estomac se serrer. Un sourire glacial... moqueur... se dessina lentement sur les lèvres de Patrice. Il soutint son regard un interminable moment, puis rebroussa chemin.

Soudain, avant même de comprendre ce qui se passait, elle entendit des bruits sinistres... Il y eut un horrible craquement... un cri de douleur et de surprise, puis Patrice s'effondra, la tête cognant avec un bruit mat contre une pierre...

Elle courut s'agenouiller auprès de lui et aperçut le piège de métal qui entourait sa cheville, dissimulé dans les hautes herbes.

Chapitre 12

— Patrice! criait Cathy, horrifiée devant le corps inanimé étendu sur le sol. Patrice, m'entendez-vous?

Elle fut soulagée en le voyant ouvrir les yeux. Il la fixait d'un air hébété et elle eut peur qu'il s'évanouisse de nouveau. Mais il se raidit, le visage exsangue, et émit un gémissement. Impuissante, elle le regardait se tordre de douleur et se cramponner en vain au piège de métal qui refusait de lâcher prise.

— Allez... chercher Gabriel, souffla-t-il entre ses dents.

— Je ne vous laisserai pas seul, fit-elle en secouant la tête d'un air résolu, malgré l'envie de fuir qui la tenaillait. Il faut retirer ce piège, vous devez m'aider.

Étonnée que ses mots fassent effet, elle le vit se retourner péniblement et empoigner le piège, les doigts maculés de sang.

— Il faut tirer... fit-il dans un souffle. Il faut tirer... fort...

Les mains chevrotantes, elle agrippa un côté du piège et tira de toutes ses forces en implorant le ciel de l'apaiser, terrifiée à l'idée qu'elle pourrait lâcher avant que Patrice ait réussi à se dégager. Osant à peine respirer, elle vit son pied reculer centimètre par centimètre et rassembla toutes les forces qui lui restaient pour laisser le piège se refermer en douceur. Patrice retomba en arrière, épuisé, les traits livides.

— Allongez-vous sans bouger... respirez profondément... je vais essayer d'arrêter l'hémorragie, d'accord? Ne parlez pas, gardez vos forces.

Elle se débarrassa de sa veste et l'enroula autour de lui. Ses vêtements étaient trempés, il était glacé. Les dents serrées, elle lui retira délicatement sa chaussure, remonta doucement la jambe de son jean et roula sa chaussette. Elle eut presque une défaillance en voyant la peau déchirée, l'os à nu. Mais elle réussit à lui grimacer un sourire.

— Aidez-moi à me relever, fit-il.

— Vous n'irez nulle part. N'y songez même pas.

Il remua la jambe et son visage se contorsionna, puis il retomba en arrière, comme assommé.

— Restez tranquille, lui répétait Cathy avec fermeté. Avez-vous un mouchoir, quelque chose?

Il fit un signe évasif et retira une guenille de sa poche arrière. Les lèvres pincées, Cathy noua délicatement le linge au-dessus de la blessure. Elle grimaça en voyant son expression.

— Je ne vous quitte pas. Madame Roy n'est pas loin. Si elle ne me voit pas revenir, elle viendra à ma recherche ou ira chercher de l'aide. Quelqu'un finira par se montrer.

Il eut un autre geste évasif et fut parcouru d'un frisson. Cathy resserra la veste autour de ses épaules et s'assit tout contre lui.

— Avez-vous mal à la tête? Vous vous êtes cogné très fort en tombant. Il ne faut pas vous endormir, n'est-ce pas?

Comme il ne répondait pas, elle posa la main sur son bras et lui parla pour garder son attention en éveil.

— Je ne peux pas croire que quelqu'un a posé ce piège et l'a abandonné là... N'importe qui aurait pu...

Patrice tremblait de tous ses membres.

— Vous croyez vraiment que c'était un accident? fit-il d'une voix rauque en la regardant. Vous croyez vraiment que ce piège m'était destiné?

— Qu'est-ce... que vous racontez? demanda-t-elle, en proie à l'épouvante.

À sa réaction, le sang se retira des joues déjà blêmes de Patrice. Il laissa errer son regard sur les arbres. Elle desserra le garrot et s'en voulut de n'être pas allée chercher du secours tout de suite. Le soleil baissait et le vent devenait mordant. Madame Roy avait dû s'inquiéter. Gabriel aussi, en ne la voyant pas revenir. Il allait partir à sa recherche.

— Vous devez... être très prudente... murmura Patrice.

Cathy regarda avec étonnement ses yeux noirs, que la souffrance assombrissait encore davantage. Elle se demandait s'il parlait sous l'effet du choc, ou s'il avait des hallucinations.

— Prudente? Que voulez-vous dire?

Il ne répondit pas. Un vent souffla de la forêt et il fut pris d'un frisson. Inquiète, elle s'allongea près de lui. Tout son corps était glacé.

— Ça va aller, murmura-t-elle. Je vous le promets.

Il essaya de changer de position, émit un gémissement. Cathy, le coeur serré, posa son bras autour de sa poitrine. Il tourna lentement la tête. Ses yeux noirs comme la nuit étaient à quelques centimètres des siens.

Une telle douleur s'y lisait qu'elle ne pouvait détacher son regard du sien.

— Cathy... murmura-t-il.

— Oui? fit-elle en le serrant très fort, les yeux pleins d'eau. Qu'est-ce que je peux faire? Dis-moi.

— Je... — sa voix était si basse qu'elle avait du mal à l'entendre — je ne voudrais pas... qu'il... t'arrive quelque chose.

Leurs lèvres s'unirent... celles de Patrice étaient si froides... si insensibles... Lentement, sa main remonta le long du dos de Cathy... sous son chandail... sur sa peau nue... Il essayait de la serrer, mais la force n'y était pas.

Elle sentait son coeur battre contre le sien... elle aurait tout donné pour lui arracher sa douleur...

— Cathy! cria une voix du fond des bois, à laquelle d'autres se joignirent en écho.

Saisis, ils s'éloignèrent l'un de l'autre et, mue par une agitation soudaine, Cathy sauta sur ses pieds et cria à son tour.

— Oui! Je suis ici! Patrice est avec moi, il est blessé!

Elle aperçut les lueurs des lampes de poche et des lanternes qui dansaient le long de la pente. En quelques secondes, l'endroit fourmilla de gens. Gabriel accourut et la prit dans ses bras.

— Pour l'amour du ciel, Cathy, qu'est-ce ?... Nous avons craint le pire.

Confuse, elle voulut se dégager de son étreinte mais ses bras étaient si forts... si rassurants.

— Patrice a été pris dans un piège. J'étais venue pour écrire, il inspectait la grotte et, la première chose que j'ai su...

Gabriel la relâcha et alla s'agenouiller auprès de Patrice, soulevant sa lanterne au-dessus de sa jambe blessée. Cathy pouvait voir, dans la demi-obscurité, qu'il s'efforçait de garder son sang-froid.

— On dirait qu'il a perdu beaucoup de sang. Heureusement que tu as su quoi faire pour l'aider, fit-il en regardant le garrot avec reconnaissance. Il va falloir le transporter et l'amener chez un docteur... Attention... ne lui faites pas mal.

Un peu à l'écart, Cathy observait la scène comme dans un rêve. Elle vit quelques hommes former un siège de leurs bras et emporter Patrice. Gabriel resta planté un long moment à examiner le piège, puis ses traits se durcirent et il donna un coup de pied si violent que le piège alla voler contre les rochers et rebondit avec fracas. Elle recula d'un pas et aperçut Daniel et Thérèse qui se tenaient derrière elle, hésitant à approcher. Gabriel serra les poings et dit d'une voix qui tremblait de rage :

— Qui donc a pu faire une chose pareille?

Puis, le souffle court, il tourna les talons et s'en alla, laissant Cathy penaude.

Thérèse et Daniel se précipitèrent sur elle, la serrant à l'étouffer.

— Cathy, tu vas bien?

— Je vais bien, dit-elle faiblement. Mais Patrice... c'est terrible. Je voulais aller chercher de l'aide mais...

Elle se mordillait la lèvre en essayant d'oublier ce qui s'était passé quand, dans la lumière tamisée, elle vit quelque chose briller sur le sol.

— Qu'est-ce que c'est que ça?

— On dirait une montre, répondit Daniel d'un air indifférent.

— Ce doit être celle de Gabriel, fit Cathy en la ramassant et en la fourrant dans sa poche. Elle a dû tomber pendant qu'il aidait Patrice.

— Oh Cathy! s'exclama Thérèse en étreignant son amie. Tu es si courageuse!

— Bon, eh bien retournons au camp et allons nous réchauffer, fit Daniel en jetant sa veste sur les épaules de Cathy. Sans madame Roy, tu serais probablement restée ici longtemps.

— Je savais que tôt ou tard elle s'inquiéterait de moi, dit Cathy avec gratitude.

— C'était plutôt tard, pouffa Daniel. La seule raison qui l'a fait revenir, c'est qu'elle s'est assise dans l'herbe à puces. Elle n'a pensé à toi qu'après coup.

— J'aurais dû m'en douter. Elle va bien?

— Pas vraiment. Elle a une irruption comme tu n'en as jamais vu, elle est enflée de partout. Il a fallu l'amener à la clinique du village. J'ai bien peur que tu n'aies pas de compagne de chambre pendant un bon bout de temps.

Il appuya ses paroles d'un regard entendu, à l'insu de Thérèse. Cathy grelottait de froid et de fatigue. Il y avait tant de choses auxquelles elle voulait penser, qu'elle voulait comprendre, mais pour l'instant son cerveau était en panne.

— Allez, viens, fit Daniel en la serrant contre lui. Que dirais-tu d'une bonne soupe chaude, d'une tranche de pain de ménage et d'un bon café fort et...

— Je n'ai pas faim. J'ai seulement envie d'une bonne douche chaude.

Comme ils approchaient du pavillon, Cathy vit la camionnette filer en direction du village et elle éprouva un étrange sentiment de vide à l'intérieur.

— Hé, tu es sûre que ça va? lui demanda doucement Daniel. Tu ne changes pas d'idée?

— Merci, répondit-elle en s'efforçant de rassembler ses esprits, mais j'ai seulement envie de me débarrasser de ces vêtements humides.

— D'accord. Reviens quand tu te seras changée.

Elle lui fit un signe vague et dit au revoir à Thérèse en lui serrant la main. Puis elle prit lentement la direction de son chalet. Deux choses lui revenaient implacablement à l'esprit : les lèvres de Patrice... qui exploraient si doucement les siennes dans l'obscurité... et la voix de Patrice... *«Je ne voudrais pas qu'il t'arrive quelque chose.»*

Chapitre 13

Appuyée contre la porte, Cathy examinait sa chambre. Tout était revenu à sa place et il y avait un nouvel oreiller sur le lit. Elle alla prudemment dans la salle de bains, alluma et aperçut son reflet dans le miroir propre. Elle avait l'air hagard, les yeux cernés. Elle vit des taches de sang sur son chemisier, le sang de Patrice. Retenant son envie de vomir, elle se hâta de se déshabiller et entendit quelque chose tomber sur le sol. C'était la montre de Gabriel. Elle la retourna dans ses mains et vit qu'il y avait une inscription derrière le boîtier. Elle la tint dans la lumière pour déchiffrer la fine écriture... puis eut soudain le souffle coupé. *À Gabriel avec amour... de Renée.*

La sinistre rencontre lui revint en mémoire... *Cathy... Cathy... que le sort a choisie...* Elle l'avait oubliée après que Gabriel eut parlé des étranges amies de Guillaume. Elle avait supposé... quoi, au fait? Que Gabriel avait vanté son talent devant elles?... Que la ritournelle bizarre de Renée n'était rien d'autre qu'un jeu macabre? Sauf que, à la vue de cette inscription, elle se disait qu'on s'était peut-être joué d'elle, et qu'elle avait été bien naïve. *Tu es stupide de croire que Gabriel t'a remarquée... qu'il te trouve spéciale...*

*et pendant tout ce temps, Renée! Ce n'est pas l'amie
de Guillaume... c'est celle de Gabriel... et comme ils
doivent se moquer de toi...*

Les joues en feu, elle respirait à grands coups,
songeant aux yeux de Gabriel... aux baisers de
Gabriel... et Patrice... *«Je ne voudrais pas qu'il t'arrive
quelque chose.»* Il avait dû voir le manège, son béguin
pour Gabriel... *Il a dû voir ce scénario des tas de fois
auparavant...*

Elle prit sa douche et s'habilla, sans vraiment pro-
jeter de se rendre jusqu'à la cuisine et d'interrompre
Daniel dans sa corvée de vaisselle.

— Eh! tu as changé d'idée! Heureusement que je
t'ai gardé quelque chose...

— Non, l'arrêta Cathy. Je n'ai pas faim. Je voulais
seulement te demander... sais-tu où habite Gabriel?
*J'ai déjà trouvé accidentellement, je ne pourrais jamais
trouver de nouveau.*

— Oui... mais ils n'aiment pas les visiteurs. Je pourrais être congédié.

— Je te demande seulement de me dire où c'est. Je
veux... lui rendre sa montre.

— Sa montre? Cathy, c'est ridicule. Ça peut attendre à demain. D'ailleurs, il n'est pas chez lui, il est
parti à la clinique avec Patrice.

— Je sais très bien où il est allé. Veux-tu simplement me dire...

— Vraiment, Cathy!...

Puis, retirant son tablier, il l'entraîna à l'extérieur.

— Allez, viens! Je vais te conduire, mais si j'ai des
ennuis...

— Je ne veux pas que tu viennes avec moi. Tu ne
comprends rien?

— Décidément, Cathy, tu te conduis comme Thérèse. Et ça me tape drôlement sur les nerfs. Pense à ce qui est arrivé à Guillaume, du moins à ce qu'on croit qu'il lui est arrivé. Tu ne voudrais quand même pas te risquer toute seule dans les bois en pleine nuit... Il y a peut-être un meurtrier qui rôde.

— Je ne veux pas entendre parler de Guillaume ni de meurtriers. Et je n'ai pas besoin de ton aide.

Daniel la dévisagea longuement, puis finit par céder.

— La petite crique, où tu es allée te baigner avec Thérèse... il y a un sentier qui bifurque. Tu prends à gauche, puis un peu plus loin tu prends à droite. Tu ne peux pas le manquer.

— Merci.

Grâce aux indications de Daniel, elle trouva facilement la maison. La grille était verrouillée. Ne voyant pas d'autre moyen, elle l'escalada et se laissa retomber de l'autre côté. L'oreille aux aguets, elle examinait la maison avec appréhension. Une lumière vacillait à une fenêtre du rez-de-chaussée, une autre à l'étage. *Est-ce que ça vaut vraiment la peine? Est-ce si important...?*

Elle frappa à la porte avec sa lampe de poche. Le bruit sembla se répercuter en écho à travers les pièces vides. À sa grande surprise, la porte s'entrouvrit.

Dans la lumière tamisée, elle distingua un long corridor jalonné de portes de part et d'autre. Au fond, un escalier montait dans la pénombre. Elle pensa soudain à Guillaume... au gant dans la gueule de Chouchou... à son horrible contenu... Mais malgré elle, elle monta lentement l'escalier.

— Gabriel? Gabriel? Tu es là?

Elle n'était pas sûre d'avoir vraiment appelé... Elle crut entendre un faible bruit, comme un mouvement discret... et elle vit de la lumière filtrer sous une porte close. Elle posa la main sur la poignée... La porte tourna sur ses gonds avec un grincement qui se répercuta dans le couloir. Debout sur le seuil elle contemplait, incrédule, le spectacle qui s'offrait à elle. On aurait dit un salon funéraire. Estomaquée, elle regardait le lit à baldaquin drapé de noir, la table de toilette ornée de volants noirs. Tout, dans la pièce, était noir : le couvre-lit, les tentures, une pile de vêtements jetés sans précaution sur le sol, même les murs. Une forte odeur de fleurs séchées flottait dans l'air frais et humide. Un vase contenant des roses mortes était posé sur la table de chevet, près d'un ruban de velours noir. Une couronne de vignes séchées, entrelacées de dentelle et de serpentins noirs pendait au mur. Une broderie au fil noir avait été laissée en plan sur une chaise.

Elle n'entendit pas les pas furtifs dans l'escalier... et poussa un cri de frayeur quand deux mains lui saisirent les bras pour la tirer dans la lumière.

— Cathy! Que fais-tu ici? Cette maison est interdite à quiconque, même aux hôtes du camp.

L'étau se desserra et elle retomba contre le mur, prisonnière. Gabriel la regardait d'un air abasourdi, tremblant, le visage blême.

— Pardonne-moi, Gabriel. Je... je regrette. Je n'aurais pas dû entrer mais... la porte était ouverte et j'ai pensé... Ta montre, fit-elle en la brandissant. Tu l'as perdue près de la grotte. J'ai cru... que tu pourrais en avoir besoin.

Il y eut un long silence. Gabriel prit la montre, la mit dans sa poche d'un geste lent. Il se dirigea vers l'escalier comme un somnambule, puis se retourna comme s'il se rappelait sa présence.

— Gabriel, demanda doucement Cathy, dis-moi qui est Renée?

Elle ne s'attendait pas à voir sa main trembler si violemment, s'agripper à la rampe comme pour l'empêcher de tomber. Elle ne s'attendait pas non plus à voir affluer des larmes à ses yeux. Ses traits demeuraient pourtant calmes et contenus.

— Renée, murmura-t-il d'un air absent. C'était ma soeur. Elle est morte l'année dernière.

— Morte? Mais... c'est impossible. Je ne comprends pas...

— Cette montre n'a pas de prix pour moi, enchaîna-t-il sans faire attention à ses paroles. Merci de me l'avoir rapportée. Je te raccompagne.

Il s'engageait déjà dans l'escalier. Elle le rattrapa et lui prit la main.

— Gabriel, attends. Je veux te parler. Gabriel... je l'ai vue.

Il s'agrippa de nouveau à la rampe... un muscle de sa mâchoire tremblait.

— J'ai vu Renée, continua Cathy d'une voix chancelante. Du moins... c'est ce qu'elle m'a dit.

Gabriel fit mine de se retourner, mais son corps semblait figé. Il eut de nouveau les yeux pleins d'eau et se retint plus fermement à la rampe. Ses forces semblaient le quitter. Il s'assit dans les marches. Cathy le regardait, inquiète, et vint s'asseoir à côté de lui.

— Hier soir, commença-t-elle d'une voix hésitante, je me suis perdue et j'ai trouvé ta maison par hasard. Il y avait une fille à l'extérieur de la grille... toute vêtue de noir...

— Elle s'habillait toujours en noir, l'interrompit Gabriel, les joues blêmes. Elle était fascinée par la mort, obsédée. C'est sa chambre que tu as vue. Tous ses écrits... sa peinture... sa musique... portait sur la mort. Elle était brillante, tu sais. Si douée... si magnifique...

Une ombre passa sur son visage, mais il essayait de garder son sang-froid.

— La fille que tu as vue... était en noir?... Elle t'a parlé?

— Oui. Je n'ai pas pu voir son visage. Elle savait qui j'étais... connaissait mon nom. Et... elle s'exprimait d'une drôle de façon. Parfois en vers.

— En vers? dit-il faiblement en se raidissant, les mains serrées sur les genoux. C'était un jeu... que nous avions l'habitude de jouer. Elle était très douée. Elle avait toujours les meilleures rimes.

— Mais sa voix... fit Cathy en réfléchissant. J'ai déjà entendu des gens parler ainsi... lorsqu'ils ont les cordes vocales endommagées. C'était... comme un étrange chuchotement.

— Mon Dieu! fit Gabriel, le visage défait, en se levant. Tu dois partir, Cathy. Pardonne-moi, la journée a été éreintante et j'ai un cours à préparer. C'est gentil de m'avoir rapporté ma montre. J'aurais été anéanti, si je l'avais perdue... Et je suis sûr que la personne que tu as rencontrée se moquait de toi. On ne peut pas s'attendre à autre chose des amies de Guillaume. Je vais leur dire ma façon de penser.

Sans trop savoir comment, Cathy se retrouva de l'autre côté de la grille. Gabriel lui lâcha le bras et, avant qu'elle ait pu ouvrir la bouche, il avait remis le verrou et retournait vers la maison, la laissant plantée là, éberluée.

Elle resta longtemps à regarder à travers les barreaux, à surveiller les fenêtres sombres et silencieuses. L'esprit en émoi, elle regagna le sentier et poussa un cri en voyant quelqu'un sortir de l'ombre.

— Daniel!

— Alors il t'a mise à la porte, hein? Fini, le chouchou du professeur?

Elle se laissa aller contre un arbre, bien décidée à ne pas lui montrer à quel point elle était contente de le voir.

— Tu as failli me donner une attaque!

— Et lui, qu'est-ce qu'il t'a donné? Un coup au coeur? Vraiment, Cathy. Qu'est-ce qui te prend d'aller fureter chez les gens?

— Je croyais qu'il était chez lui, dit-elle faiblement. La porte s'est ouverte d'elle-même.

— Cathy, vas-tu me dire ce qui se passe?

— Daniel, fit-elle avec un air songeur. Crois-tu aux fantômes?

Elle prit une grande inspiration et commença son étrange récit. Daniel écoutait attentivement, son expression se modifiant au fil de la narration.

— Alors, qu'est-ce que tu en penses? demanda-t-elle à la fin, les sourcils froncés.

— Tu es sûre que la fille s'appelle Renée? Tu n'as pas mal compris?

— Quand Gabriel m'a parlé des amies bizarres de Guillaume, je ne m'en suis plus souciée. C'est évident qu'il ne les aime pas, alors j'ai pensé qu'elle avait voulu m'effrayer pour que je me tienne tranquille, afin que Gabriel ignore sa présence.

— Mais Guillaume n'était pas là, n'est-ce pas?

— Ça n'empêche pas ses amies de traîner autour. Peut-être... que Guillaume n'est pas disparu. Peut-être qu'il veut seulement le faire croire.

— Oui, et peut-être que Renée n'est pas morte... Tu dis qu'il t'a presque mise à la porte?

— Je ne sais pas. C'est peut-être une impression. Il était si bouleversé, peut-être que sa réaction a été démesurée. Moi non plus, je n'aime pas avoir des gens autour quand j'ai les idées sombres.

— Vas-tu arrêter de le défendre? grommela Daniel.

— Oh! d'accord. Alors, si tu en sais si long, dis-moi donc où est Renée?

— Eh! je ne fais qu'émettre des hypothèses. Mais voyons quand même, fit-il d'un air solennel. Disons que Renée est possessive — pour quelque raison freudienne. Or elle s'aperçoit que Gabriel s'intéresse à toi... et elle essaie de t'effrayer pour t'éloigner de lui. Et les choses se corsent.

— Tu veux dire que mes vêtements dans la crique, et ma chambre, et...

— Et le piège, Cathy. Tu ne comprends donc rien? Patrice avait peut-être raison. Le piège se trouvait précisément où toi, tu devais être.

En une fraction de seconde, elle revit la scène. Patrice sortant de la grotte, le bruit des mâchoires de métal, le cri d'agonie.

— S'il n'avait pas été là... dit-elle avec un frisson. Il m'a probablement sauvé la vie!

— Cesse d'en parler comme d'un héros! Il est sans doute de connivence avec Renée.

— Bon, bon, d'accord. Mais on ne sait toujours pas pourquoi ils la cachent.

— Hum... fit-il en poussant un profond soupir. Obsédée par la mort... vêtue comme un cadavre... elle

immole des petits animaux dans les cabines de douche...
Je donne ma langue au chat, Cathy! Je ne vois vraiment pas pourquoi ils la cachent. Attention, on vient!

Cathy se retrouva à plat ventre dans un massif
d'arbustes, regardant furtivement à travers les hautes
herbes. Elle entendit la grille s'ouvrir et se refermer...
vit des jambes passer en courant près de sa cachette.
Elle osait à peine respirer, quand elle sentit Daniel lui
donner un petit coup de coude.

— C'est Gabriel, chuchota-t-il. Suivons-le. Je veux
voir où il va.

Se sentant comme une traîtresse, Cathy saisit Daniel
par le bras et s'engagea avec lui à la poursuite de
Gabriel, qui s'enfonçait de plus en plus loin dans la
forêt. Ils se tenaient à bonne distance pour ne pas éveiller
ses soupçons. Gabriel avançait promptement, comme s'il
connaissait bien le coin. Après une course interminable,
Daniel ralentit le pas et lui serra la main en signe de
prudence. Il se mit un doigt sur les lèvres, s'accroupit
et repoussa doucement les feuilles pour regarder.

C'était un cimetière. Les pierres tombales miroitaient
dans le clair de lune... Gabriel se tenait debout près
de l'une d'elles, comme une statue funéraire sculptée
dans la pierre. La face dissimulée, il contemplait
l'inscription... et regardait un objet noir et mince qui
pendait mollement à un arbre... comme un oiseau à
l'agonie. Il tendit la main pour le décrocher... et soudain
son cri retentit comme un écho dans la nuit... flotta
sur les arbres... se répercuta à l'infini.

— Daniel! cria une voix. Daniel! Où es-tu?

Paralysée, Cathy reconnut la voix de Thérèse à
travers les arbres. Elle échangea avec Daniel un regard
horrifié. Au même moment, Gabriel fit demi-tour,

passa devant eux en courant, puis fut aussitôt englouti dans les bois.

— Viens! fit Daniel en sautant sur ses pieds.

Puis il braqua sa lampe de poche sur l'endroit où se tenait Gabriel. La chose qui flottait un instant auparavant avait disparu.

— Daniel? reprenait la voix de Thérèse. Je sais que tu es là. Viens, on te demande au téléphone! Si tu essaies de me faire peur, ça ne prend pas.

— Ne lui réponds pas, ordonna Daniel. Peut-être qu'elle va se volatiliser.

Cathy voulut le réprimander mais il était déjà parti explorer le cimetière. Le rayon de sa lampe de poche balaya une inscription sur une pierre tombale en vacillant, comme si sa main tremblait : *Ci-gît la bien-aimée Renée Drouot*.

— Tu es satisfait, maintenant? lui lança Cathy d'une voix affolée où perçait la colère. Elle est morte! Elle est ici et elle...

Daniel se pencha pour dénouer quelque chose d'une branche basse, qu'il tint dans la lumière.

— Cathy, regarde. C'est un bout de tissu que Gabriel a dû déchirer en essayant de l'enlever. On dirait... comme un bout d'écharpe...

— Ou de voile, fit Cathy en lui prenant le tissu des mains, les doigts tremblants. Comme celui que portait Renée... et... cette odeur, tu ne la reconnais pas? J'ai déjà senti cette odeur, fit-elle catégoriquement. Là-haut, dans la maison de Gabriel. Comme une odeur de fleurs mortes. Mais je l'ai sentie autre part, aussi.

Elle resta silencieuse un moment, puis ouvrit de grands yeux sur Daniel.

— Dans ma chambre, Daniel... Cette drôle d'odeur, dans mon chalet, mêlée à l'odeur du sang.

Chapitre 14

— Crois-tu qu'on devrait prévenir la police?

De retour dans le chalet de Cathy, Daniel était allongé sur le lit, le menton posé sur ses bras croisés, et Cathy était assise à côté de lui, adossée au mur.

— Pour leur dire quoi? pouffa Daniel.

— Bien... on pourrait commencer par leur dire qu'une fille supposée morte me poursuit, répondit Cathy d'un air offensé.

— Nous n'avons pas la moindre preuve. En fait, on ne sait absolument rien à propos de rien! Tu es la seule à pouvoir découvrir quelque chose. Commence par questionner Gabriel sur sa famille. Tu es sa préférée, ne l'oublie pas. Il pourrait dévoiler des choses à propos de Guillaume et de Renée.

Cathy restait songeuse.

— Tu pourras dormir, cette nuit? Tu veux rester avec Thérèse? Ou tu veux que je passe la nuit ici?

Cathy lui sourit et lui donna un baiser amical.

— Merci, mais je pense que ça ira. Vas-tu au village, demain?

— Je te vois venir. Tu veux aller t'informer de ce pauvre Patrice, pas vrai?

— De madame Roy, rectifia Cathy. Alors, tu m'emmènes, oui ou non?

— Bien sûr. Mais je continue de croire que tu ne devrais pas dormir toute seule.

— Je te répète que ça ira très bien. Bonne nuit.

Elle mit le verrou derrière lui mais, une fois allongée sur son lit, elle regretta de l'avoir laissé partir. Elle n'arrivait pas à maîtriser les images qui tournoyaient dans sa tête. *Guillaume... Renée... Gabriel... Patrice...* La nuit était pleine de secrets et elle avait le sentiment tenace que quelque chose d'horrible se préparait.

À force de tourner et de se retourner, elle finit par sombrer dans un sommeil agité. Quand elle se réveilla en sursaut, haletante, elle regarda autour d'elle d'un air ahuri, se demandant ce qui l'avait réveillée. La pièce baignait dans le silence, mais elle était sûre d'avoir entendu un bruit inusité.

Elle se redressa sur les genoux et attrapa le coin du rideau au-dessus de son lit, le cœur battant à tout rompre. Elle essayait de ravaler le goût subtil de la peur qui montait dans sa gorge. Lentement... très lentement... elle souleva le rideau et... aperçut deux grands yeux braqués sur elle dans la nuit profonde, comme s'ils attendaient le moment précis où elle allait regarder par la fenêtre. Elle retomba sur le lit avec un hurlement et alla se blottir dans le coin, criant à perdre haleine.

Quand elle s'apaisa enfin, que ses forces l'abandonnèrent... lorsqu'elle comprit qu'il ne se passerait plus rien, un élan de rage remplaça la peur et elle tira de nouveau le rideau. Seule une nuit noire s'étalait parmi les ombres, grouillante de bruits mystérieux... La tête appuyée sur l'oreiller, elle revit les yeux grands ouverts qui la regardaient... l'étrange expression qui en masquait la douceur...

— Gabriel, s'entendit-elle murmurer. Gabriel... mais pourquoi?

— Es-tu absolument sûre? demandait Daniel en se traînant les pieds le long du sentier.

— Comment être absolument sûre? Il faisait noir, j'étais effrayée, mais... oui, je suis presque sûre que c'était lui.

— Tu ne resteras pas seule ce soir, tu m'entends? Thérèse ou moi, fais ton choix. Je suis sérieux, Cathy. Tant qu'on n'aura pas découvert ce qui se passe, tu ne devrais pas rester seule. Tu es bien sûre, insista-t-il avec une lueur d'espoir, que tu n'as pas rêvé?

— Je ne rêvais pas. Et ne dis rien à Thérèse. Si je dois rester avec elle, je ne veux pas qu'elle ait peur.

En arrivant près des cuisines, ils trouvèrent Thérèse sous le porche.

— Gabriel est passé, tout à l'heure, Cathy, annonça-t-elle. Il te cherchait.

— Que voulait-il? demanda-t-elle en échangeant un regard avec Daniel.

— Je n'en ai pas la moindre idée. Il est reparti avec la camionnette de Patrice.

— Allez, insista Daniel. Après le déjeuner, on ira faire un tour et tu pourras aller rendre visite à madame Roy.

De bonne grâce, Cathy les suivit à l'intérieur mais elle avait du mal à se concentrer sur son repas. Elle entendait à peine le brouhaha qui régnait dans la cuisine et sursauta d'étonnement quand Daniel lui toucha le bras.

— Excuse-moi, fit-elle avec un sourire misérable. Je crois que j'avais la tête ailleurs. Tu disais?

— Je disais qu'on allait bien s'amuser à la chasse aux horreurs, demain soir. C'est comme une chasse au trésor, sauf qu'on cherche des choses horribles et terrifiantes, comme des rats, des araignées... Bon. Si on y allait, maintenant?

Cathy fut bien contente lorsque Thérèse et Daniel la déposèrent devant la clinique. L'atmosphère austère, stérile qui y régnait l'apaisa. Lorsqu'elle risqua un oeil par la porte de madame Roy, elle la vit bien calée dans ses oreillers, en train de regarder la télévision.

— Cathy! Comme je suis heureuse de te voir! parvint-elle à articuler malgré son visage enflé. Eh bien! peux-tu imaginer une chose pareille? Qui aurait pu croire que j'étais à ce point allergique à une mauvaise herbe. Cela m'apprendra à imaginer mon héros faisant la cour à sa belle sur un lit de sumac vénéneux!

Cathy rit de bon coeur, réconfortée par la présence de madame Roy. D'une certaine façon, ça remettait les choses dans une plus juste perspective.

— Tu t'amuses bien, j'espère? Tu apprends beaucoup?

Cathy cligna des yeux, éberluée. Elle avait oublié le côté amusant du séjour.

— J'adore le cours de Gabriel et demain nous faisons une chasse aux horreurs. Il n'y a vraiment pas un seul temps mort, enchaîna-t-elle avec un entrain mitigé.

— À la bonne heure! Ça me désole tellement de te laisser tomber.

— Savez-vous combien de temps vous allez devoir rester ici? Avez-vous tout ce qu'il vous faut? Je peux vous apporter des livres, des choses à manger?

— C'est très gentil à toi, mais ne te tracasse pas pour moi. Je vais tâcher de me reposer, aujourd'hui. Je n'ai pratiquement pas fermé l'oeil de la nuit. Tu sais, ce Patrice qui est venu nous chercher l'autre jour? Eh bien on l'a amené d'urgence hier soir. Ils l'ont mis dans la chambre contiguë à la mienne et il a divagué toute la nuit.

Cathy sentit son coeur chavirer en imaginant la souffrance de Patrice. Le temps passa rapidement et, avec la promesse de revenir, elle dit au revoir à sa professeure. Une fois dans le couloir, elle resta plantée devant la porte de la chambre d'à côté, à se demander dans quel état devait être Patrice après une nuit sans sommeil. Elle s'apprêtait à frapper quand elle entendit des voix familières. La porte était entrouverte et, d'où elle était, elle pouvait voir le lit sans être vue. Patrice était toujours aussi blême. Gabriel, assis près de lui, était penché en avant, les traits tirés et l'air troublé.

— Je sais que ça ne peut pas être vrai, disait-il lentement. Je sais... que c'est impossible.... que ça n'a aucun sens.

— C'est sûrement une des amies de Guillaume, disait Patrice en tournant doucement la tête sur l'oreiller. Tu te souviens de cette fille, dont j'oublie le nom, et qui aurait fait n'importe quoi pour attirer son attention.

— Mais c'est autre chose. D'ailleurs, où est Guillaume?

— Gabriel, ça n'a rien de nouveau. Il a fait ça des centaines de fois.

— Cette fois c'est différent, je le sens, insistait Gabriel. Hier, quand tu m'as interrompu, avec Cathy, parce que tu avais trouvé sa veste près du lac... et ensuite cette histoire de gant...

Patrice émit un gémissement et Cathy se demanda si c'était de douleur ou d'exaspération.

— Tu sais bien qu'il fait la fête quelque part. Il a perdu son gant, c'est tout. Il oublierait sa propre tête, si elle n'était pas fixée à ses épaules, tu le sais très bien.

— Oui... oui, je sais, acquiesça Gabriel en se levant pour arpenter la pièce, les mains dans les poches, le front baissé. Patrice... je sais que c'est douloureux d'en parler, mais... je te demande seulement de me le dire encore une fois. Dis-moi qu'elle est bien morte.

Patrice blêmit encore davantage et ferma les yeux, puis se passa une main sur le front comme pour retrouver un souvenir fugitif.

— Même après tout ce temps, continuait Gabriel, je ne peux m'empêcher de penser... combien elle était seule... nous n'étions pas auprès d'elle...

— Arrête! pour l'amour de Dieu! lança Patrice en frappant l'oreiller de sa tête. Je ne veux plus t'entendre.

— Nous n'étions pas avec elle et je ne peux m'enlever ça de la tête! Et depuis tout ce temps, depuis ma dépression nerveuse, j'ai beau essayer d'oublier, je n'y arrive pas! Elle nous aimait tant. Et elle est morte emprisonnée, sans personne pour l'aider... Et Cathy dit qu'elle l'a vue! Tu m'entends, Patrice? Elle a vu Renée... de l'autre côté de la grille. De l'autre côté de la grille, Patrice! Essayait-elle d'entrer?

Il était debout, les bras suppliants, et Patrice reposait sur son lit, haletant, les yeux pleins de larmes. Seule sa respiration saccadée troublait le douloureux silence.

— Pourquoi fais-tu ça, Gabriel? Tu sais bien ce qui est arrivé. Tu as vu sa tombe.

— Je sais seulement ce qu'on m'a dit, rétorqua Gabriel, parcouru d'un frisson. Je n'étais pas là. Je n'ai pas assisté aux funérailles... ni Guillaume, d'ailleurs.

Le regard de Patrice se posa lentement sur le visage de Gabriel.

— Guillaume ne pouvait pas venir à cause de ses brûlures. On ne lui a pas permis de quitter l'hôpital. Quant à toi...

Il ne termina pas sa phrase et Gabriel lui lança un regard coupable.

— Je sais. Je t'ai fait faux bond. Je n'étais pas là quand tu avais besoin de moi.

— Alors, qu'est-ce que je pouvais faire? Rester tout bonnement à vous attendre? Il fallait bien l'enterrer.

Gabriel traversa la pièce et regarda par la fenêtre, le visage crispé par la souffrance.

— Cathy a dit que la fille parlait comme si elle avait les cordes vocales endommagées. Si une personne subit de graves blessures dans un incendie...

— Pour l'amour du ciel, Gabriel! Va donc déterrer la foutue tombe! Retourne à la maison, prends une pelle et...

— Guillaume est disparu! lança Gabriel en frappant le rebord de la fenêtre. Elle essayait de le tuer, cette nuit-là. Tu le sais aussi bien que moi...

— Alors tu crois que son fantôme est revenu pour terminer le travail?

— Regarde. Regarde ce que j'ai trouvé, hier soir. Je suis allé au cimetière et... Regarde! C'est son écharpe!

— Oh, Gabriel! Ce n'est qu'un bout de tissu! Qu'est-ce que ça prouve?

— Sens-le! insista Gabriel en lui mettant l'étoffe sous le nez. C'est son odeur, tu le sais. Son parfum. Comme les fleurs dans *sa* chambre. Et c'était sur *sa* tombe!

Patrice retomba en arrière, les mains agrippées aux bords du lit.

— Gabriel, ne t'impose pas ça, je t'en prie... ne m'impose pas ça! Pour l'amour du ciel, cesse de ruminer tout ça! Je t'en supplie.

Cathy, les yeux embués de larmes, vit Gabriel se pencher, serrer Patrice, puis se diriger vers la sortie.

— Où vas-tu?

— À la maison. Je suis désolé, Patrice. Oublie tout ça. Essaie de te reposer.

— Attends... qu'est-ce que tu vas faire? Gabriel! Je viens avec toi, tu m'entends? Je ne resterai pas dans ce stupide... Gabriel, arrête-toi. Merde!

Cathy n'eut pas le temps de se cacher. Gabriel fut si vite près d'elle qu'elle resta estomaquée, essayant de bégayer une explication.

— Oh, Gabriel, bonjour! fit-elle, consciente que sa gaîté sonnait faux. *Ces yeux... ce sont bien ceux qui me regardaient par la fenêtre hier soir...* J'arrive à l'instant même. Je venais prendre des nouvelles de Patrice.

— Excuse-moi, fit-il en passant devant elle.

Elle lança un regard désespéré à Patrice, qui retomba sur son lit en soupirant.

— Laisse-le partir.

— Mais... il a l'air si bouleversé...

— Tu ne peux pas comprendre, dit-il avec lassitude. Tiens-toi simplement loin de lui... et de moi.

Chapitre 15

Cathy se demandait si elle avait bien entendu. *Mais tu m'a embrassée, tu ne te rappelles pas? Et je suis restée près de toi, je t'ai rassuré...* Son indifférence l'irritait, mais elle essayait de ne pas le montrer.

— Comment vas-tu?

— Depuis combien de temps es-tu là? demanda-t-il avec un regard si intense qu'elle ne put mentir.

— Je ne voulais pas être indiscrète. J'étais venue voir madame Roy et j'ai voulu prendre de tes nouvelles. Je m'inquiétais à ton sujet, fit-elle d'une petite voix.

Il lui jeta un long regard de côté, puis détourna les yeux vers la fenêtre.

— Ça n'est pas aussi grave qu'on le craignait. Je devrai seulement garder le lit quelque temps. Mais Gabriel m'inquiète. Je dois rentrer à la maison.

Il s'enferma dans le mutisme et elle s'approcha doucement de son lit.

— Patrice... parle-moi de Renée.

Il ne montra aucun signe de surprise. Les traits impassibles, il contemplait par la fenêtre le paysage automnal.

— Elle était magnifique, fit-il enfin, avec un rire sans joie. Gabriel et elle étaient inséparables. Plus proches que tu ne pourras jamais l'imaginer. À sa mort, il s'est effondré. Il ne s'est pas encore remis... et je crois qu'il ne s'en remettra jamais.

— Tu sais, ce que j'ai dit à Gabriel est la stricte vérité. Je n'ai rien inventé. La fille que j'ai rencontrée a bel et bien dit qu'elle s'appelait Renée.

— Ça ne me surprend pas, enchaîna-t-il sans la moindre hésitation. Les amies de Guillaume sont prêtes à tout pour se faire remarquer. Mais j'ai bien peur que tout ça ait ressuscité les vieilles émotions enfouies de Gabriel.

— Je le regrette. Si j'avais su, je n'en aurais pas parlé.

Il eut un geste vague et elle vit dans son regard qu'il la croyait.

— Il se reproche toujours d'avoir été absent. Comme s'il avait pu empêcher sa mort. Mais ça valait mieux.

— Comment était-elle?

— Elle avait des cheveux châtain clair... des yeux d'une couleur étrange. Semblables à ceux de Gabriel, à vrai dire. Elle lui ressemblait beaucoup.

Les yeux à ma fenêtre... Renée? Non pas ceux de Gabriel mais de Renée...?

— Et... que lui est-il arrivé?

— Reste loin de lui, Cathy. Tu ne peux pas l'aider. C'est trop... Tout ce que tu peux faire, c'est de rester à l'écart. De lui et de moi.

— Je... je ne comprends pas.

— Gabriel t'aime vraiment, fit-il d'une voix rauque. Je le vois bien. Renée serait jalouse.

Cathy se sentait partagée entre une peur soudaine et la confusion.

— Hier soir... tu étais en état de choc. Tu ne te rappelles sans doute pas tout...

— Je me rappelle, l'interrompit-il doucement.

Elle allait sortir mais s'arrêta et le regarda en face. Il essayait d'éviter son regard.

— Tu sais, je crois que tu n'es pas aussi mauvais que tu veux le laisser paraître.

Il semblait retourner ses mots dans sa tête. Un faible sourire apparut sur ses lèvres et il lui jeta un bref coup d'oeil.

— Peut-être, marmonna-t-il de mauvaise grâce.

— Je reviendrai te voir, promis.

— À la maison, alors. Je ne resterai pas ici.

En retournant au camp, Cathy était toujours perplexe à propos des paroles de Patrice, mais elle faisait un vaillant effort pour ne pas le montrer. Plus elle entendait parler de Renée, plus elle était inquiète... plus la jeune femme lui paraissait vivante... Pourtant, elle avait beau se répéter dans son for intérieur que ce n'était pas possible, que Renée était morte dans un incendie, elle sentait que tout cela était étrange et dangereux, et lui échappait. Pourquoi Patrice lui disait-il de rester loin de Gabriel? Le croyait-il instable? Ou était-il jaloux? Il lui avait dit de s'éloigner de lui, aussi. Serait-ce qu'il ne voulait pas faire concurrence à Gabriel? Et ce qu'il avait dit à propos de Renée la tourmentait... *Renée serait jalouse*. Mais elle est morte... elle ne peut pas être jalouse de moi?

Elle attrapa Daniel par le bras comme il sautait en bas de la camionnette.

— Daniel, tu sais, cette fille dont tu m'as parlé, Myriam? Comment est-elle morte? Je veux savoir.

Il la regarda d'un air perplexe puis, avec un soupir il répondit :

— D'accord. Elle a péri dans un incendie.

— Un incendie?... Mais je croyais... tu as dit que c'était un suicide.

— Oui. L'incendie a été allumé volontairement. Elle a attendu d'être seule... Ne m'oblige pas à entrer dans tous ces détails morbides. Elle a mis le feu dans son chalet, c'est tout. Et alors?

— Je dois aller à mon cours, coupa-t-elle. Je te revois plus tard.

Elle trouva une note sur la porte indiquant que le cours de Gabriel était annulé. Encore hantée par la scène de la clinique, elle décida d'aller marcher pour dissiper l'inquiétude qui grandissait en elle. Elle alla s'asseoir au bord du lac, pour se laisser pénétrer de la profonde sérénité qui s'en dégageait.

Son cerveau mit un certain temps à enregistrer les bruits qui provenaient du bois. Intriguée, elle avança dans leur direction. Derrière un épais buisson, elle fut surprise d'apercevoir Gabriel, les vêtements trempés de sueur. Il brandissait une hache qu'il s'apprêtait à laisser retomber sur le tronc d'arbre qu'il était en train d'abattre. L'image de l'ombre sur la plage lui revint.

Elle avait l'impression que Gabriel était conscient de sa présence, mais il s'acharnait sur l'arbre, cassant les branches à mains nues, les lançant brutalement sur une pile qui s'élevait à ses pieds. Finalement il laissa retomber la hache et jeta un coup d'oeil dans sa direction.

— Je regrette pour le cours. Je sais que les gens comptaient sur moi.

— Je ne pense pas qu'ils soient trop déçus, répondit-elle calmement. Ils sont tous partis faire une balade à cheval.

— Pourquoi n'es-tu pas avec eux, alors?

— J'aime mieux être ici avec toi.

Il la regarda en coin, puis posa une main sur sa hanche.

— Tu dois être en peine de distraction, si tu n'as rien de mieux à faire.

— Tu préfères ce travail à l'enseignement? demanda-t-elle sans relever sa remarque.

— Patrice n'est pas là. Il faut bien que quelqu'un fasse son travail.

— Tu n'as pas d'employés, pour ce genre de choses? Je suis sûre que si tu demandais...

— Ça me fait du bien, rétorqua-t-il sèchement. Je me sens mieux, après.

Il reprit la hache, qu'il retourna lentement entre ses mains. Il l'examina un moment, puis son regard retomba sur Cathy.

— Patrice a l'air bien, tu ne trouves pas? demanda-t-elle pour détourner la conversation. Il dit qu'il veut rentrer à la maison.

— Demain, peut-être. D'ici là ils vont me supplier de le ramener, fit-il avec un sourire désabusé. Alors, qu'est-ce que tu veux savoir? Tu n'es pas venue pour bavarder, quand même. Patrice t'a parlé de moi? De... mon état? De ma crédibilité?

Elle vit les muscles de sa mâchoire se raidir, ses joues se teinter de rose. Sa main serra le manche de la hache et il l'abattit avec une telle violence qu'elle sursauta.

— Il n'a pas dit grand-chose, fit-elle en se mordillant la lèvre, hésitant à continuer. Gabriel... si tu veux me dire quelque chose... je suis prête à t'écouter.

— Ne te fais pas de souci pour moi. Rien ne peut me choquer davantage.

Il donna un autre coup de hache avec force et l'arbre trembla jusque dans ses racines.

— Je ne me fais pas de souci pour toi. J'essaie seulement de tirer les choses au clair. On essaie de m'effrayer et je veux savoir qui et pourquoi.

Il frappa de nouveau et la lame s'enfonça dans la chair de l'arbre. Il força pour la dégager, la maniant d'un côté et de l'autre.

— Je croyais que tu aimais être effrayée, lança-t-il.

Il parlait d'une telle façon... elle n'arrivait pas à décoder son humour noir. Elle le dévisagea, puis les mots sortirent en vrac sans qu'elle puisse les retenir.

— Et moi je croyais que tu m'aimais bien. Alors pourquoi ne m'aides-tu pas?

Cette fois la hache s'arrêta en l'air... frémit... puis redescendit lentement.

— C'est vrai, fit-il d'une voix rauque. Et j'ai peur autant que toi. Il ne s'agit pas seulement de Renée, expliqua-t-il en s'approchant. C'est Guillaume... et tout le reste. Rien ne tourne rond.

— Tu t'en fais pour lui, n'est-ce pas? Tu ne crois pas qu'il est simplement caché quelque part?

— Non. Je pense qu'il est mort.

Elle écarquilla les yeux. Gabriel s'adossa à un arbre et la regarda.

— Il aurait pu avoir tellement... mais il a toujours été jaloux de tout et de tout le monde. C'est l'être le plus pathétique que j'ai connu. Il haïssait Renée pour sa beauté et moi, pour mon talent. Il nous a toujours envié la moindre joie, le moindre succès. Il ne pouvait supporter de voir quelqu'un heureux.

— Et il a toujours été comme ça? Même quand tes parents vivaient?

— Oui. Ils ont essayé très fort de composer avec cela, mais rien ne semblait marcher. Il parvenait toujours à les enjôler par des promesses. Il a toujours détesté Patrice, qu'il voyait comme un inférieur. Il prenait plaisir à l'humilier et il était jaloux de son lien avec Renée. Elle adorait Patrice, et pas seulement comme un frère adoptif. Ils étaient amoureux. Et Renée a toujours craint Guillaume, depuis sa tendre enfance. Dieu sait à quel point il a dû la tourmenter quand tout le monde avait le dos tourné. Mais elle n'a jamais rien dit.

— C'est terrible... ce qu'il vous a fait endurer.

— Après l'accident, nous sommes restés tous les quatre. Renée était inconsolable et elle semblait avoir besoin de moi plus que jamais. Elle... s'est agrippée à moi... Je n'aurais pas dû la laisser faire... mais j'avais pitié, je voulais l'aider.

— Parce que tu étais sa sécurité. Tu la protégeais contre Guillaume.

— Oui, j'ai essayé de la protéger de Guillaume. J'ai voulu le convaincre de partir, mais sans succès. Il buvait et dépensait des sommes folles, ce que nous ne pouvions pas nous permettre. Patrice a trouvé du travail au village pour nous aider. De mon côté, j'ai pris ce que j'ai pu trouver dans les villes proches. Ça me tuait de la quitter, mais je savais que Patrice veillait sur elle. Puis j'ai découvert que Guillaume essayait de se débarrasser de lui... de le chasser du domaine en lui faisant la vie misérable... Mais Patrice ne serait jamais parti sans Renée. Et Guillaume n'aurait jamais laissé partir Renée.

— Ils ne pouvaient pas s'enfuir à son insu?

— Ils ont essayé. Une fois. Guillaume l'a senti et il a trafiqué leur voiture. Patrice est resté dans le coma pendant des jours... et Renée s'est repliée sur elle-même encore davantage.

— Mais il devait bien y avoir un moyen légal...

Gabriel secoua la tête d'un air malheureux.

— Guillaume avait des tas d'amis avocats, tous plus retors les uns que les autres. J'ai fait un pacte avec lui. Un éditeur s'était montré intéressé à publier l'un de mes manuscrits, alors j'ai offert à Guillaume d'y mettre son nom s'il promettait de s'en aller après avoir touché les droits d'auteur.

— Et il n'est pas parti?

Gabriel se passa une main dans les cheveux et ferma les yeux.

— J'aurais dû m'en douter. Il s'est laissé enivrer par la notoriété soudaine. Il s'est mis à jouer les auteurs célèbres, à se prendre pour un génie littéraire. C'est lui qui a eu l'idée d'organiser des ateliers d'écriture et j'ai accepté parce que nous avions un tel besoin d'argent.

Cathy baissa les yeux sur les feuilles que le vent faisant tourbillonner, en essayant de ne pas entendre la douleur dans la voix de Gabriel.

— Et alors, cette nuit-là... Patrice était retenu au village... moi, j'étais à trois cents kilomètres... Vers minuit, on est venu le prévenir que la maison était en feu...

Il ferma les yeux et se tut, puis reprit au bout d'un moment, d'une voix étrangement calme :

— Quand je suis arrivé, tout était fini. Nous pensons que Renée a mis le feu délibérément... pour tuer Guillaume. Mais... elle a été prise au piège. Patrice a tenté de la sauver mais il n'a pas pu supporter la chaleur et la fumée. Il a dû passer la nuit à la clinique et Guillaume a été transporté à l'hôpital. Il ne restait plus rien de Renée... Si seulement j'avais été là! Peut-être que ça ne serait pas arrivé... peut-être que j'aurais pu la sauver...

Il y avait tant de désespoir dans sa voix, Cathy savait que ses paroles étaient vaines; le sentiment de culpabilité le hantait depuis trop longtemps.

— Gabriel, je t'en prie... arrête. Tu te fais du mal et ça ne changera rien.

— Et si les choses avaient toujours été autrement? dit-il sans hâte, les yeux rivés sur elle, noirs, vides d'expression. Si Renée... était en vie? Si c'était bien elle que tu as vue, qui t'a dit son nom? Et si Guillaume était disparu parce qu'elle a enfin réussi à faire ce qu'elle a toujours voulu faire...

Cathy se sentait défaillir... tandis que Gabriel continuait, imperturbable.

— Peut-être qu'elle n'est pas ensevelie. Qu'elle a simplement mis le feu et disparu... et maintenant elle prend sa revanche... Tu penses que je suis fou, je le sais, fit-il en se rapprochant. Pauvre Gabriel, il ne s'est jamais complètement remis du choc... Mais c'est toi, qui as dit que ça ne pouvait pas être une amie de Guillaume, non? C'est toi qui...

— C'est moi qui suis terrorisée! Il y avait du sang dans ma chambre... mes affaires ont été pratiquement détruites... on a mis mes vêtements en pièces. Et pourquoi ce piège était-il posé près de la grotte, précisément où tu m'avais envoyée?

Elle ne s'était pas rendu compte qu'elle avait élevé la voix, qu'elle avait bondi sur ses pieds, que son visage était à quelques centimètres du sien, pendant que sa colère se déversait. Elle ne s'était pas rendue compte que les bras de Gabriel l'enveloppaient, jusqu'à ce qu'elle sente ses baisers étouffer ses pleurs.

— Oh! Gabriel, sanglota-t-elle, si c'est vraiment Renée, pourquoi veut-elle me faire du mal?

Pendant un moment interminable, il n'y eut que les larmes tranquilles de Cathy et les paroles réconfortantes de Gabriel, qui la serrait dans ses bras.

— Mon Dieu, Cathy... Tu dois me croire complètement fou de t'avoir raconté tout cela, de t'avoir effrayée de la sorte... de m'effrayer moi-même! Bien sûr, que Renée n'est pas en vie. C'est impossible, ridicule même d'y penser. Je ne sais pas ce qui m'a pris. Pour l'amour du ciel, Cathy, sauras-tu me pardonner? Je suis sûr que personne ne t'en veut... ce ne sont que de mauvaises plaisanteries... Quant au piège... Ce n'est pas nouveau. Patrice te racontera nos problèmes avec les braconniers. Le piège ne visait personne... sinon un animal sans défense.

Elle releva les yeux, ne demandant qu'à le croire.

— Qu'est-ce qui te fait croire que Guillaume est mort?

Il hésita, comme s'il cherchait une réponse.

— C'est... seulement une impression.

— C'est à cause du gant, fit Cathy d'un air accusateur. Celui que j'ai trouvé au cours de notre promenade. C'était le sien, n'est-ce pas?

— Oui, d'accord. Mais il perd toujours ses gants, ça n'a rien de suspect.

— Tu as blêmi quand tu l'as vu! Et en ce moment tu ne dis pas la vérité.

Sur ce, elle tourna les talons et prit la fuite.

— Cathy! Reviens... je t'en prie...

Sourde à ses appels, elle fila sans se retourner, jusqu'à ce qu'elle aperçoive le pavillon et Thérèse, sous le porche, qui lui faisait signe de la main.

— Cathy! Savais-tu qu'il y a un message pour toi ici? Oh! j'espère que ce ne sont pas de mauvaises nouvelles.

Intriguée, Cathy la suivit à l'intérieur et regarda d'un air interrogateur l'enveloppe piquée sur le babillard, portant son nom dactylographié.

— Il n'y a qu'à regarder, fit-elle avec un sourire forcé.

Elle déchira l'enveloppe, déplia le feuillet à l'intérieur. Elle lut les quelques lignes qui se détachaient au milieu de la page, puis elle sentit le sol se dérober sous ses pieds... la pièce tournoyer et disparaître dans une ombre épaisse.

— Cathy? murmura Thérèse. Qu'est-ce que c'est?

Les doigts tremblants, Cathy lui tendit la feuille, mais les mots dactylographiés scintillaient dans sa tête comme un éclairage au néon.

Le petit chouchou du professeur

a perdu sa candeur...

Guillaume est parti en morceaux...

Et toi, tu le suivras bientôt...

Chapitre 16

— N'importe qui a pu la mettre là, disait Daniel. Tu n'as vu personne qui t'observait, pendant que tu la lisais?

— J'étais trop bouleversée pour remarquer quoi que ce soit. Nous sommes venues ici directement.

— Ne t'inquiète pas. C'est seulement une mauvaise plaisanterie.

À côté d'elle, Thérèse se tortillait les mains, les yeux écarquillés par la peur.

— Oh! qu'est-ce que ça veut dire, «Guillaume est parti en morceaux»? Vous me cachez quelque chose... Oh, j'ai tellement peur! Il y a peut-être des membres de Guillaume éparpillés dans tout le camp et on risque de tomber dessus à tout moment...

— Thérèse, gronda Daniel en la tirant à l'écart du personnel de la cuisine qui leur lançait de drôles de regards. Vas-tu te taire! Tu veux déclencher la pagaille? Inutile que tout le monde parte en peur... on ne sait même pas très bien ce qui se passe!

Elle secoua vigoureusement la tête et Daniel poussa un soupir en lui montrant l'évier plein de casseroles à laver, puis il se tourna vers Cathy.

— Je t'avais dit de ne pas faire confiance à Gabriel, grommela-t-il.

— Ne pas faire confiance à Gabriel! Comment peux-tu dire ça? Après toute la douleur qu'il a connue... la souffrance...

— Il ne t'est jamais venu à l'idée qu'il pourrait être un peu déséquilibré? D'ailleurs, toute la famille est un peu dérangée. Il t'a emberlificotée. Vous êtes liés, maintenant. Il t'a dévoilé de sombres, d'immenses secrets. Raison de plus pour qu'on veuille t'écarter.

— Et qu'est-ce que ça veut dire?

— Écoute. Plus tu te rapproches de lui, plus ça devient dangereux pour toi. Tu n'as pas remarqué? Comment peux-tu être sûre que Gabriel te dit la vérité?

— Et pourquoi pas? s'indigna-t-elle.

— Parce qu'il est écrivain. Il raconte des histoires. Il *manipule* les gens, tu te rappelles?

Un silence passa, qui jeta un froid sur eux.

— Allons, Cathy, insistait Daniel. Il a fait une dépression nerveuse. Quelque chose ne tourne pas rond dans sa tête et tu dois admettre...

— Daniel, je ne veux plus rien entendre, l'interrompit Cathy avec emportement. Tu as bien vu la tombe. Et Patrice a parlé de Renée, lui aussi. Quant à moi, je l'ai vue... est-ce que je suis dérangée pour autant?

Ils se dévisagèrent. Cathy vit du regret derrière les épaisses lunettes... de la pitié... puis elle se dirigea vers la porte.

— Je t'en prie, Cathy, ce ne sont que des hypothèses.

— Je n'aime pas tes hypothèses, Daniel. Je les trouve stupides et sans coeur.

Elle se mit les mains sur les oreilles et partit en courant, les paroles de Daniel martelant dans sa tête. Elle ne voulait plus penser à tout ça. Sans quoi la peur, le doute et les interrogations allaient la rendre folle.

Arrivée dans son chalet, elle verrouilla la porte derrière elle et resta pelotonnée dans le noir. Elle avait peur de bouger, de penser, même de ressortir.

— Cathy? Cathy, tu es là?

— Thérèse!

Cathy ouvrit la porte à toute volée et étreignit son amie, se retenant pour ne pas pleurer, tandis que Thérèse lui donnait des petites tapes dans le dos.

— Oh! Cathy, tu ne devrais pas rester ici. Viens dans mon chalet, veux-tu?

— Oui, je suis si heureuse que tu y aies pensé, lui dit Cathy avec chaleur.

Elle ramassa en vitesse quelques affaires et elles quittèrent le chalet. Thérèse parlait d'un de ses poèmes lorsque Cathy lui attrapa soudain le bras.

— Thérèse, tu entends?

Thérèse s'arrêta et tendit l'oreille.

— Je ne crois pas. Pourquoi? Tu entends quelque chose?

Cathy se remit en marche en prenant Thérèse par le bras, puis elle s'arrêta presque aussitôt.

— Tiens... murmura-t-elle. Écoute...

Thérèse écarquilla les yeux et regarda autour d'elle, inquiète.

— Qu'est-ce que c'est? émit-elle du bout des lèvres.

Cathy fit un pas... s'arrêta... tendit l'oreille. Elle serra le bras de Thérèse.

— On nous suit! siffla-t-elle. Courons!

Elles prirent leurs jambes à leur cou et ne s'arrêtèrent qu'une fois en sécurité dans le chalet de Thérèse. La tête appuyée contre le mur, Cathy ferma les yeux, si faible qu'elle avait du mal à se tenir debout. Elles sursautèrent en entendant frapper à la porte.

— C'est moi, fit la voix de Daniel. Laissez-moi entrer.

Cathy ouvrit la porte d'un coup sec.

— Daniel! Où étais-tu?

Le regard de Daniel passa de l'une à l'autre, étonné.

— Que veux-tu dire? Qu'est-ce qui se passe?

— On nous a suivies... là-bas dans la forêt. Tu as dû voir quelque chose... le bruit semblait si près.

— J'ai vu quelqu'un sur la route, fit-il d'un air perplexe, à l'instant même, en venant de la cuisine. Mais il faisait très noir... je crois...

Sa voix traînait et Cathy l'interrompit.

— C'était Gabriel, n'est-ce pas? fit-elle dans un murmure.

Et, même si elle se sentait sur le point de s'effondrer, elle sut qu'elle ne pourrait pas dormir cette nuit-là.

Le jour se leva sur un matin morne. Le front appuyé contre le carreau de la fenêtre, Cathy voyait le soleil essayer péniblement de percer, puis disparaître sans vie dans les tourbillons de nuages gris.

— C'est la chasse aux horreurs, ce soir, dit Thérèse en enfilant ses vêtements. Peut-être qu'il va pleuvoir et qu'on va l'annuler. Tu y vas?

Cathy, apathique, haussa les épaules.

— Daniel dit que c'est amusant, poursuivit Thérèse sans conviction. Mais il faut dire qu'il a un étrange sens de l'humour.

— Daniel est étrange, un point c'est tout, rétorqua Cathy en souriant malgré elle.

— Quand je l'ai connu, enchaîna Thérèse, je le trouvais amusant. Il prétendait détester le cours de Gabriel, mais continuait d'y aller. Même après que Gabriel lui eut dit qu'il n'était pas doué. Tu sais quoi?... Je pense qu'il veut lui rendre la monnaie de sa pièce. Prouver à Gabriel à quel point il est intelligent, ou plutôt... astucieux... malin. Il m'a déjà dit qu'il aimerait écrire un suspense qui tromperait tout le monde, avec un dénouement inattendu... Et je parie qu'un jour il le fera. Il est si entêté. Enfin... lança-t-elle en s'étirant avec un bâillement, je ferais mieux d'aller travailler. Qu'est-ce que tu fais aujourd'hui?

— Je ne sais pas.

Cathy finit de s'habiller et jeta encore un coup d'oeil sur le ciel morne.

— J'ai un cours cet après-midi et j'aimerais passer voir madame Roy, si je trouve une occasion.

— Il y a sûrement quelqu'un qui va au village, lui assura Thérèse. Je vais demander.

— Merci, fit Cathy en la serrant contre elle. Et merci de m'avoir permis de rester.

— Il n'y a vraiment pas de quoi. Tu peux rester avec moi jusqu'à la fin des ateliers, si tu veux.

Elles allèrent ensemble jusqu'à la salle à manger. Daniel était introuvable et, après avoir fait le tour de la cuisine, Cathy en déduisit que personne n'avait affaire au village. Elle décida d'aller voir au pavillon et fut surprise de trouver Gabriel à l'extérieur, qui s'apprêtait à monter dans la camionnette.

Il faisait trop noir... Évidemment, Daniel avait pu apercevoir n'importe qui sur la route, songea Cathy. Et même si c'était Gabriel, ça ne prouvait pas qu'il la suivait. Il était chez lui, après tout... il pouvait aller où bon lui semble... *il n'y a rien d'anormal là-dedans...*

— Bonjour, fit-il.

Cathy resta interloquée, si prise dans ses pensées qu'elle ne s'était pas rendu compte qu'il l'avait vue. Il avait un sourire las, un air lugubre, et ses yeux s'enfonçaient dans ses orbites. Elle lui rendit un pâle sourire.

— Bonjour, où t'en vas-tu si tôt?

— Je vais chercher Patrice. Il m'a appelé hier soir. Il avait l'air découragé.

Elle eut envie de lui dire que c'était à cause de lui, mais elle se ravisa.

— Ils ne vont pas le laisser partir si tôt, tu ne crois pas?

— Je t'ai dit qu'ils me supplieraient de les débarrasser de lui, fit-il avec un sourire laconique. De toute façon, il peut aussi bien se reposer ici et je suis sûr que son moral ne s'en portera que mieux.

— Je peux monter avec toi? J'aimerais m'assurer que madame Roy va bien.

— Bien sûr, je serai ravi de ta compagnie.

Elle le regarda dans les yeux et se sentit happée dans la profondeur violette... *Quels secrets y caches-tu, Gabriel? Quels secrets connais-tu que j'ignore... ou es-tu simplement une victime comme moi?*

Ils parlèrent à peine jusqu'à la clinique. Patrice était toujours d'humeur maussade et, même si Cathy essayait de ne pas le montrer, son indifférence l'irritait, la troublait. Elle n'osait pas s'avouer qu'elle l'estimait autant. Depuis le soir de l'accident, ses sentiments avaient évolué. Patrice et Gabriel étaient si différents à tous points de vue... et de se trouver en leur compagnie à tous deux la mettait mal à l'aise. Elle se sentait comme transparente, se demandant si l'attirance qu'elle avait pour l'un était évidente pour l'autre. Elle fut heureuse d'aller se réfugier dans la chambre de madame Roy, qui la fit rire pendant un bon moment. Mais quand Gabriel vint la chercher, elle eut de curieux papillons dans l'estomac. Le sentiment que quelque chose de désagréable allait arriver ne la quittait pas.

Pendant que Gabriel allait chercher la camionnette, Cathy aida Patrice à se rendre jusqu'au trottoir. Ils l'installèrent confortablement à l'arrière dans des couvertures et Cathy s'attarda à le couvrir avec soin. Renfrogné, il tentait de la repousser, mais elle s'obstinait. Gabriel attendait impatiemment de pouvoir refermer la portière.

— Cathy, tu as laissé tomber quelque chose, fit-il en se penchant pour ramasser un papier déplié qui était tombé à côté de Patrice.

Elle se retourna, surprise, et vit l'expression de Gabriel se figer pendant qu'il examinait le papier d'un air incrédule. Elle se sentit blêmir.

— D'où est-ce que ça vient? murmura-t-il sous les yeux étonnés de Patrice. Où as-tu trouvé cela, Cathy? Réponds-moi!

Il la saisit vivement et elle poussa un cri de douleur et de surprise.

— Gabriel, lâche-moi!

— J'allais le faire! Mais tu étais si préoccupé et je ne voulais pas...

Patrice regardait Gabriel comme s'il avait perdu la raison.

— Gabriel, lâche-la! Tu ne vois pas que tu lui fais mal?

— Lis ça! ordonna-t-il d'une voix redevenue calme, lugubrement froide, en lui mettant le papier sous le nez. Allez, lis!

Patrice parcourut la note, le regard chancelant, les mains tremblantes.

— Elle est vivante, n'est-ce pas? laissa tomber Gabriel.

Puis il empoigna Patrice par les épaules et le plaqua contre la paroi de la camionnette, insensible à ses gémissements. Cathy criait mais il ne semblait pas l'entendre.

— Elle est vivante, n'est-ce pas?

— Oui! lança enfin Patrice dans un cri.

Gabriel relâcha son étreinte et Patrice retomba sur la couverture, en sueur, le visage d'une pâleur spectrale, les yeux sombres, hagards...

— Oui, Gabriel, oui. C'est ça que tu veux entendre? C'est ce que tu veux que je te dise, non? Tu le sais maintenant! Tu le sais enfin.

Un silence de mort suivit. Revenant de loin, Cathy regardait l'étrange tableau: Patrice allongé au fond de la camionnette comme si la vie s'était retirée de lui... Gabriel prostré sur le volant... *et moi, assise au milieu de toute cette tristesse, attendant qu'on m'assassine... attendant ma mort...*

Elle n'en revenait pas du calme qui l'habitait. Un calme tel qu'on aurait dit que des heures s'étaient écoulées, mais elle vit que l'horloge du tableau de bord n'avait avancé que de quelques minutes...

— Où est-elle? demanda enfin Gabriel. Je veux le savoir. Elle a menacé Cathy.

— Je sais, fit Patrice en baissant les yeux.

Gabriel pivota sur son siège et lança d'une voix furieuse :

— Tu as beaucoup d'explications à me donner, Patrice. Mais pour l'instant c'est la sécurité de Cathy qui me préoccupe. Je veux connaître l'ampleur de ce qui se trame... si Renée se trouve là où on s'y attend le moins...

— Tu ne la trouveras pas parmi la foule, dit faiblement Patrice. Elle... n'a pas de visage.

Gabriel émit un son rauque et inclina la tête en inspirant profondément.

— Mon Dieu! Dis-moi où elle est.

— Ça ne te servira à rien, dit Patrice d'une voix caverneuse. Elle ne te laissera jamais être heureux... ni amoureux... parce que sa vie à elle est ruinée. Elle ne te laissera jamais partir, ni moi. Nous ne serons jamais vraiment libérés d'elle, Gabriel, tu le sais.

— Ce que je sais, lança Gabriel en lui saisissant les épaules, c'est que j'ai peur pour Cathy! Et je suis prêt à tout pour qu'il ne lui arrive rien. Il y a longtemps que je n'ai pas ressenti pour quelqu'un ce que je ressens pour Cathy.

— Alors dis-lui la vérité! explosa Patrice. Dis-lui que Renée était folle. Que vous la cachiez! Que si personne ne l'a tirée du feu, c'est que tout le monde ignorait sa présence! Allez! Parle de Renée à Cathy. Dis-lui que si vous vous ressembliez autant, c'est parce que vous étiez jumeaux! Dis-lui que vous l'enfermiez parce qu'elle était folle!

Cathy, horrifiée, vit Gabriel lâcher les épaules de Patrice, le visage blême et glacial, puis ils se regardèrent droit dans les yeux. Pendant un long moment, il n'y eut pas le moindre bruit dans la camionnette. Puis, finalement, Patrice baissa la tête et parla.

— Je sais que tu as de l'attachement pour Cathy, Gabriel. J'en ai aussi, avoua-t-il en fuyant leurs regards éberlués. Depuis la première fois que je l'ai vue... Je suis désolé, Gabriel. Elle n'a rien fait pour être impliquée dans cette histoire.

— Renée a tué Guillaume, n'est-ce pas? demanda Gabriel en le regardant d'un air interrogateur.

— Je pense que oui.

— L'as-tu retrouvé?

Il y eut un autre long silence.

— Des morceaux seulement, dit enfin Patrice.

— Mon Dieu! il faut prévenir la police.

— Tu ne peux pas faire ça. On doit régler cette affaire nous-mêmes.

— Patrice, où est-elle? le supplia de nouveau Gabriel en se penchant sur lui. Tu dois me le dire.

Une ombre passa sur le visage de Patrice, puis il eut un sourire douloureux.

— Tu ne le sais pas, Gabriel? Vraiment?

Cathy entendit vrombir le moteur, sentit démarrer la camionnette. Elle regardait Patrice d'un air consterné, mais il ne la regarda pas de tout le trajet.

Chapitre 17

Lorsque la camionnette atteignit enfin le camp, Gabriel déposa Cathy devant la salle à manger avec des instructions précises.

— Je veux que tu restes avec tes amis, tu m'entends? Ne te déplace pas toute seule.

— Je ne pourrais pas rester avec toi? implora-t-elle à voix basse.

— Non. La pire chose que tu puisses faire, pour l'instant, c'est de rester avec moi ou avec Patrice. Ne quitte pas tes amis.

Comme il s'apprêtait à partir, elle eut encore un geste pour le retenir.

— Crois-tu... que tu sais où elle est?

Il se pencha à la fenêtre et regarda dans le sous-bois dense.

— Je n'ai qu'à attendre qu'elle soit prête à se montrer, murmura-t-il, puis il partit.

Daniel et Thérèse étaient introuvables. Se rappelant la mise en garde de Gabriel, elle erra près des cuisines, puis s'assit sous le porche en feignant de lire un magazine, sursautant chaque fois que la porte s'entrouvrait. Elle poussa un cri de soulagement en voyant Thérèse et Daniel sauter d'une voiture pleine de jeunes, qui redémarra sitôt après les avoir déposés.

— Salut, Cathy, lui lança Thérèse. Tu viens manger une glace?

— Salut, ma belle. Nous t'avons cherchée, fit à son tour Daniel avec un sourire. On avait congé et on est allés au cinéma. Où étais-tu?

Cathy le regarda sans répondre, pendant que Thérèse disparaissait à l'intérieur. Puis elle se jeta contre lui, le serrant à l'étouffer.

— Oh, Daniel! Renée est vivante, fit-elle, le nez enfoui dans sa chemise, d'une voix qui laissait transpercer la peur. Elle a tué Guillaume. Et maintenant elle en a après moi. Patrice ne veut pas que j'en parle mais...

Il se dégagea de son étreinte, les yeux aussi grands que ses lunettes.

— Attends, attends. Répète-moi ça doucement.

Il écouta attentivement le récit de Cathy.

— Oh, Daniel! Qu'est-ce que je dois faire? Gabriel m'a déposée ici en me disant de rester avec vous, que c'était trop dangereux de rester avec lui ou Patrice.

— Un gars sensé, grommela Daniel. Il a au moins raison sur une chose : il vaut mieux que tu restes entourée. De toute évidence, elle ne tentera rien en présence de témoins.

— Et la chasse aux horreurs, ce soir, lui rappela-t-elle. Je ne veux pas rester toute seule au camp et, d'un autre côté, je n'ai pas envie d'aller me promener aux alentours non plus.

— Ça serait quand même plus sûr. On travaillera en équipes, tu seras avec nous.

— Daniel, j'ai tellement peur. Je n'ai rien fait, pourquoi est-ce que ça m'arrive? Il la regardait comme s'il n'avait pas entendu. Derrière les lunettes rondes, ses yeux paraissaient troublés.

— Il y a quelque chose qui ne tourne pas rond, murmura-t-il. D'abord, où Patrice a-t-il amené Renée après l'incendie et où la cache-t-il maintenant?

— Bien... peut-être chez lui... ou dans la grande maison... Il y a des tas d'endroits par ici — les bois, les chalets, tous ces bâtiments... C'est tragique! s'exclama Cathy. J'espère que Gabriel va aller tout droit à la police.

— Pense au scandale. Et encore faudrait-il qu'ils la trouvent. Si la police s'en mêle, Renée pourrait bien ne jamais sortir de sa cachette. En attendant, je ne te lâche pas d'une semelle.

La porte s'ouvrit en trombe, les faisant sursauter. Thérèse apparut, radieuse, et leur tendit à chacun un cornet de crème glacée.

— J'ai perdu un verre de contact, les prévint-elle. Si vous croquez quelque chose, ce n'est pas une amande.

Daniel regarda sa glace d'un air perplexe puis il consulta sa montre et annonça :

— Hé, c'est l'heure de la chasse aux horreurs. Hâtons-nous.

Thérèse prit les devants et ils se dirigèrent vers le pavillon, où un animateur expliquait les règles du jeu.

— Personne ne doit dépasser les limites du camp, ni quitter les pistes principales. Tous les objets de la liste se trouvent sur le terrain. Et si vous n'avez pas de lampe de poche, prenez-en une ici. Il y a des questions?

— Nous avons combien de temps? demanda quelqu'un.

— Tout le monde doit se retrouver ici dans deux heures. Sinon, nous présumerons que vous vous êtes perdus et que vous êtes disparus à tout jamais. Voici les listes et des plans supplémentaires. L'équipe qui aura accumulé le plus de points sera victorieuse.

— Qui a dressé la liste? demanda quelqu'un d'autre.

L'animateur consulta son collègue du regard et dit :

— Nous croyons que c'est Gabriel Drouot, mais nous n'en sommes pas sûrs, fit l'animateur en riant. Il devait être ici, mais il ne s'est pas montré.

— Alors, allons-y, lança Daniel en prenant une des listes et une lampe de poche.

— Qu'est-ce que ça dit? demanda Thérèse.

Cathy jetait un coup d'oeil à la liste par-dessus l'épaule de Daniel.

— Objet mort. Objet utile au bourreau. Arme meurtrière. Dont on ne peut s'échapper...

— Dont on ne peut s'échapper... Une toile d'araignée! lança Thérèse, l'air triomphant.

— Cesse de divulguer nos réponses, fit Daniel en rangeant la liste avant que Cathy ait fini de la lire. Dépêchons-nous, tout le monde a déjà commencé.

Il se dirigea vers la sortie en compagnie de Thérèse et Cathy attrapa une liste au passage, qu'elle parcourut en marchant. Le dernier objet à trouver, celui qui valait le plus de points, était écrit en caractères gras...

— Le chouchou du professeur, murmura-t-elle.

Daniel accourut et tenta de lui retirer le papier des mains.

— Le chouchou du professeur, répéta Cathy, mais cette fois c'est un cri qui sortit du fond de sa gorge.

— Cathy, dit sévèrement Daniel en lui enlevant enfin le papier. Cathy, arrête. Arrête!

Ils restèrent plantés face à face, puis Thérèse vint s'immiscer entre eux et se tourna anxieusement vers Cathy.

— Je suis sûre que ce n'est pas ce que tu penses, Cathy. Il ne s'agit pas d'une personne, mais de Chouchou. La chatte, tu sais bien. Parce que c'est la chatte de Guillaume et la liste décrit les objets par énigme.

Elle regarda Cathy d'un air implorant et lui secoua gentiment les épaules.

— Tu ne crois pas que j'ai raison, Cathy? Ce n'est que pour rire et, de toute façon, j'ai vu Gabriel hier au pavillon, et nous parlions de choses et d'autres, et Chouchou était enroulée sur ses cuisses et j'ai dit : Ah! ah! voilà le chouchou du professeur. Alors peut-être qu'il s'est servi de mon idée...

Elle recula d'un pas, fière d'elle, mais Cathy ne réagissait pas.

— Allons-y, fit-elle en tremblant. Nous perdons du temps.

Après une brève discussion, ils décidèrent qu'un os conviendrait pour l'objet mort. Comme on avait servi du poulet au souper, il y avait plein de déchets dans la poubelle derrière la cuisine. Thérèse alla ramasser quelques toiles d'araignée sous le porche d'un des chalets et Daniel dénicha dans la remise une vieille lime rouillée en guise d'arme meurtrière. Dans toutes leurs allées et venues ils jetaient un coup d'oeil pour trouver Chouchou, mais sans succès.

— Elle doit être chez Gabriel, dit enfin Thérèse. Peut-être qu'on devrait y aller.

Penchés sur le rayon de leurs lampes de poche, Cathy et Daniel reconsidéraient la liste et firent comme s'ils n'avaient rien entendu.

— Qu'est-ce qui vient ensuite? s'enquit Daniel en lorgnant vers le sous-bois. N'oubliez pas, il nous faut des points.

Il avait beau faire, Cathy sentait que sa jovialité était feinte. Il n'avait pas cessé de la surveiller depuis le départ et, lorsqu'il lui arrivait de fouiller les ombres environnantes, elle avait croisé son regard.

— La chatte, suggéra encore une fois Thérèse. Vous ne croyez pas qu'on devrait chercher Chouchou?

— On va la trouver, dit évasivement Daniel, t'en fais pas. Venez.

Il saisit Cathy par le coude et lui demanda, l'air préoccupé :

— Voudrais-tu aller te reposer dans mon chalet? Tu n'as pas l'air en forme.

— Non, je vais bien, répondit-elle avec un sourire pincé. Qu'est-ce qui vient ensuite? *Continue d'avancer... ne pense à rien.*

— Écoute, je suis sérieux, insista Daniel en s'approchant. Tu devrais...

— Daniel, je vais très bien, répondit-elle avec brusquerie. Continuons la chasse et cesse de me harceler.

Daniel rougit et fit un pas en arrière. Thérèse et lui la regardaient avec étonnement, et elle détourna le regard d'un air coupable. Elle avala la boule qui lui serrait la gorge, prête à s'excuser, mais ils avaient déjà pris les devants sur le sentier. Elle ne savait plus trop ce qu'ils cherchaient et ça lui était bien égal. Elle les suivait en traînant les pieds, tête basse, envahie par une peur grandissante... Soudain, Daniel s'arrêta si brusquement qu'elle buta contre lui.

— Vous ne sentez rien? demanda-t-il, le nez en l'air. On dirait de la fumée. Oui, j'en suis sûr, ça sent la fumée.

Il partit en courant sur le sentier, humant l'air de tous côtés. Puis il figea et s'écria par-dessus son épaule :

— Il y a le feu! Un des chalets est en feu!

Ils se mirent à courir et aperçurent une lueur ocre au loin, à travers les arbres. Le coeur de Cathy remonta dans sa gorge et Thérèse se mit à crier.

— Oh, Cathy! C'est ton chalet!

C'est alors qu'elle aperçut les flammes qui léchaient l'embrasure de la porte, qui vibraient, palpitaient dans toute la maisonnette. Dans un élan de panique irréfléchi, elle fonça vers le brasier mais roula au sol quand Daniel l'attrapa par derrière.

— Lâche-moi! criait-elle en se débattant.

— Tu es folle? Tu ne peux pas entrer, c'est trop tard!

Pendant que Cathy regardait, impuissante, le feu rageur, Thérèse s'effondra en larmes à ses côtés.

C'est Renée. Elle a mis le feu parce que Gabriel et Patrice lui appartiennent...

— J'appelle les pompiers! Thérèse, ordonna Daniel, téléphone à Gabriel!

Thérèse sauta sur ses pieds, apeurée et ne sachant trop quoi faire.

— Viens, fit Cathy en l'entraînant vers le pavillon.

Déjà des gens avaient abandonné la chasse pour venir voir ce qui se passait. Pendant que Thérèse composait le numéro, le récepteur contre l'oreille, Cathy faisait les cent pas, comptant mentalement les coups de sonnerie. Au bout d'un moment, Thérèse lui tendit le récepteur.

— Oh, Cathy! Ça ne répond pas!

— Il est pourtant à la maison! Ils sont là tous les deux, ils devraient répondre!

Elle attrapa le récepteur et, après plusieurs sonneries, raccrocha brusquement et entraîna Thérèse.

— Viens avec moi, cria-t-elle. Nous allons chez Gabriel. Quelque chose ne va pas.

— Mais ne devrait-on pas attendre Daniel?

— On n'a pas le temps. Dépêche-toi!

Arrivées sur place, elles constatèrent que la grille était ouverte. La maison sombre et silencieuse se dressait au loin. Thérèse se pressa contre Cathy.

— C'est ici qu'habite Gabriel?

— Oui, mais il devrait y avoir de la lumière et, d'habitude, la grille n'est pas ouverte. Je dois entrer, Thérèse. J'ai peur...

— Allons-nous-en, souffla Thérèse. Je n'aime pas ça.

— Attends-moi ici, si tu veux. Si je ne suis pas revenue dans cinq minutes...

— Non, je viens avec toi, rétorqua Thérèse en essayant de paraître brave. Mais dépêchons-nous, tu veux?

Elles se dirigèrent vers la maison... montèrent les marches du perron... Cathy frappa timidement. Un coup de vent souleva un nuage de feuilles et Thérèse retint un cri. Cathy frappa de nouveau. La porte frémit dans son cadre, mais personne ne répondit.

— On devrait s'en aller, insistait Thérèse. Il n'y a personne.

Cathy s'écarta de la porte, puis hésita et réfléchit un moment. *Si Renée est effectivement revenue, ils ont*

dû la maîtriser, à moins que... à moins qu'elle les ait
pris par surprise... à moins qu'il soit trop tard...

— Thérèse? s'enquit-elle au bout d'un moment, d'une voix tremblante.

Thérèse avait disparu. Cathy hurla son nom mais n'eut pas de réponse, quand elle entendit soudain la porte s'ouvrir... tourner sur ses gonds... puis elle entendit un petit gémissement, comme un souffle de douleur...

— Patrice? demanda-t-elle d'une voix inquiète. Patrice, est-ce que ça va?

— Cathy, prononça une faible voix dans l'embrasure sombre. Tu n'aurais pas dû venir ici...

Craintive, elle s'approcha... sentit ses pas traverser le seuil... vit une ombre bouger près de l'escalier au fond du couloir.

— Gabriel, c'est toi? Il y a eu un incendie et...

Elle resta sans voix en le regardant. Dans la lumière blafarde de la lampe de poche, son visage paraissait anormalement pâle et son corps était appuyé au mur comme s'il n'arrivait pas à tenir debout. Dans sa main pendait une longue pièce d'étoffe noire. Un voile. La torpeur s'immisça en elle. Elle fixait du regard son visage flou... ses yeux étaient comme de profondes orbites sans couleur...

— Tu ne peux avoir aucun de nous, tu sais. Ni moi, ni Patrice... Renée ne le permettrait pas.

Sa voix n'était qu'un murmure sans âme. Le voile tremblait entre ses doigts pendant qu'il s'approchait. Cathy se sentait défaillir, comme tirée en arrière par une panique lente, qui la cloua au mur.

— Ce n'est pas ta faute, tu es si belle, murmura-t-il en avançant toujours, tenant à la main le long tissu noir comme une corde qu'il tordait, retournait... on s'éprend si facilement de toi...

— Non... fit Cathy en le regardant approcher. Gabriel... non...

Elle était terrorisée. Les murs tournoyaient autour d'elle... le plafond chavirait. Un tourbillon d'images envahit son cerveau... *Le chouchou du professeur... Gabriel maniant la hache pour la dégager de l'arbre... les vêtements déchirés...* «*Renée serait jalouse*»... *les yeux à la fenêtre... le sang partout...* «*inséparables*», *avait dit Patrice...* «*il ne s'en est pas remis... ne s'en remettra jamais*»...

— Qu'est-ce qui te prend? hurla-t-elle. Pourquoi me regardes-tu comme ça?

— Tu ne comprends pas? murmura Gabriel, qui avançait toujours en tortillant la chose fluide qu'il tenait à la main, comme une fumée meurtrière... Tu ne vois pas? Si elle n'a pas droit à sa vie, tu n'as pas droit à la tienne... ni moi à la mienne.

— Patrice! supplia Cathy. Patrice, aide-moi!

Gabriel s'arrêta. Vacillant, il s'agrippa au mur.

— Patrice ne peut pas t'entendre, dit-il tristement, Patrice est mort.

Cathy, l'esprit en éveil, se glissait centimètre par centimètre contre le mur. Elle vit le gros vase sur la table, et le visage défait de Gabriel en la voyant l'attraper et le soulever au-dessus de sa tête. Elle vit ses yeux s'agrandir, ses lèvres prononcer «non!» comme elle lui écrasait le vase sur le crâne. Il chancela, puis s'effondra sur le plancher. *Oh, Gabriel... pourquoi?*

Il faisait tellement chaud dans la pièce, si chaud et si froid en même temps. Et cette odeur, cette étrange odeur, comme une odeur de fleurs séchées, de fleurs mortes, mêlée à quelque chose d'autre... quelque chose d'horrible qui envahissait le couloir... descendait l'escalier... Lentement, engourdie par l'horreur... elle leva les yeux... et vit le regard de Renée posé sur elle.

— Ce n'est pas possible, marmonna Cathy, mais aucun son, aucun cri ne s'échappait de ses lèvres, pas même un souffle. Non, c'est impossible.

Renée était maintenant près d'elle, et proche aussi l'insupportable odeur qui lui bouchait la gorge, les poumons... Elle ne pouvait quitter des yeux le voile noir, la créature sans visage derrière le voile. Puis une odeur nauséabonde emplit ses narines tandis que Renée mettait la main dans la poche de sa longue jupe noire... en sortait une chose hideuse qui reposait dans sa main gantée de noir... des doigts pourrissants déployés dans une silencieuse agonie... La main de Guillaume Drouot.

—Non! cria Cathy. NON!

Renée lança la chose sur le plancher... les doigts étalés, putréfiés, étaient tournés en direction de Cathy. Elle pouvait voir la main bouger, se traîner sur le parquet comme pour la toucher et... *mon Dieu! elle est sur ma nuque, derrière moi, comment peut-elle être derrière moi?*

Malgré une panique vertigineuse, Cathy sentit effectivement une main sur sa nuque, autour de son cou, qui lui pressait le nez, bloquait sa trachée, et une vague de suffocation la plongea dans un long tunnel sombre... Elle vit les yeux immenses de Renée... vides... qui l'aspiraient... et tout devint noir.

146

Chapitre 18

Cathy se sentait dériver aux limites du conscient. Elle entendait vaguement son nom prononcé dans le lointain, d'une voix vide et surnaturelle... comme si elle provenait d'un être inhumain...

Elle se sentait peu à peu tirée du néant. Sa conscience émergeait lentement, mais elle ne voyait rien. Elle essaya de bouger et sentit une douleur dans ses bras et ses jambes. Elle avait la tête lourde et ses membres n'étaient pas en position naturelle. Elle remua les doigts et quelque chose s'enfonça dans la chair de ses poignets. Derrière le bandeau qui lui couvrait les yeux, elle eut conscience d'être étendue sur un lit, bras et jambes écartés, les mains et les pieds fixés aux colonnes du lit. Son cauchemar devint subitement réalité et elle essaya de se libérer, un sanglot dans la gorge.

— Je suis heureuse que tu sois réveillée, fit une voix très proche, très calme dans le silence de la pièce. Je tiens à ce que tu ne rates rien.

Elle reconnut la voix tendue, caverneuse. Une terreur glaciale coula en elle et elle resta immobile, essayant de garder un visage impassible.

— Nous ne sommes pas pressées, continuait Renée. Personne ne viendra nous déranger... Cathy, Cathy, le chouchou du professeur, tremblante de frayeur... tu auras beau fuir et te cacher... tu ne pourras pas m'échapper...

Les larmes affluaient aux yeux de Cathy et elle luttait pour les refouler. Des pas lents s'approchaient du lit... s'arrêtèrent à distance.

— Tu es si belle, continuait la voix rugueuse, où perçaient des larmes. Comme je l'étais. Avec tout l'espoir... tout l'avenir devant moi... Savais-tu que Patrice m'aimait? Nous devions nous marier... mais qui pourrait vivre avec ce que je suis devenue? Mon visage est une vision d'enfer, marmonna-t-elle amèrement. Alors, il est tombé amoureux de toi.

— Non... ce n'est pas vrai... Il vous aime toujours. Il n'a jamais cessé de vous aimer.

— Tu avais déjà Gabriel... puis tu as voulu Patrice. Crois-tu que je vais te les laisser tous les deux? Qui donc m'aimerait? Qui prendrait soin de moi?

— Je repars dans quelques jours, Renée... demain, si vous voulez. Vous les aurez tous les deux. *Mon Dieu, tu as tué Patrice... Patrice est mort...*

— Patrice a pris soin de moi, continuait Renée en faisant les cent pas autour du lit. Mais Guillaume s'en est aperçu. J'ai dû me débarrasser de lui avant qu'il se débarrasse de moi.

— Renée, écoutez-moi. Je vais partir ce soir même, si vous préférez. Je ne dirai rien à personne.

— Oui, tu vas partir, Cathy. Ce soir.

Les pas se turent. Dans le silence terrifiant, Cathy restait immobile. La voix parla de nouveau, laissant son souffle courir sur les bras allongés de Cathy.

— Cathy... Cathy... ne pleure pas... C'est bientôt l'heure du trépas...

— Je vous en prie, ne me faites pas de mal, gémit Cathy.

— Il le faut. Je veux que tu saches comment on se sent... quand on a tout perdu.

Cathy se débattit pour se défaire des liens qui la retenaient. Ses cris se répercutaient en écho dans la maison silencieuse. Penchée au-dessus d'elle, Renée riait doucement en lui caressant la joue. Son bandeau était trempé de larmes. Elle se laissa retomber sur le lit, épuisée, et sentit les doigts de Renée lui effleurer le visage... le cou... courir le long de son corps.

— Est-ce que ça t'aiderait, de te regarder mourir? Comme j'ai regardé les flammes m'envahir. Si tu vois ce qui arrive, peut-être que tu auras moins peur?

Cathy sentit le bandeau se resserrer... se relâcher... retomber. Elle clignait des yeux à travers ses larmes et vit qu'elle était allongée sur le lit dans la chambre de Renée. Les épais rideaux noirs du lit à baldaquin laissaient entrevoir une faible lueur dans le coin de la pièce. Elle voyait les murs noirs... le plafond noir... les bras de Renée qui écartaient le rideau. Elle voyait le voile noir se soulever sous le souffle de Renée. Puis la main gantée remonta lentement et fit un geste pour dégager le voile.

— Non, murmura Cathy. Je vous en prie...

De sa main libre, Renée lui saisit le visage et le tint fermement.

— Regarde, siffla-t-elle. C'est la dernière chose que tu verras avant de mourir.

Et tandis que Cathy s'efforçait de détourner le regard, le voile de Renée retomba sur ses épaules... glissa à ses pieds... montrant un visage tordu... déformé dans l'ombre.

— Mon Dieu! haleta Cathy. *Patrice*...

C'était la voix de Renée, le rire de Renée, mais c'était Patrice qui se penchait sur elle, vêtu de la longue robe noire de Renée.

— Patrice, sanglotait Cathy. Je t'en prie, laisse-moi partir!

Les yeux de glace se rétrécirent.

— Patrice ne peut pas t'aider. Patrice m'appartient!

Cathy le vit se diriger à grandes enjambées vers le fond de la pièce, d'où il revint avec quelque chose à la main. Elle entendit couler un liquide, puis sentit quelque chose d'humide et de froid inonder son corps. L'odeur qui frappait ses narines était indubitablement celle de vapeurs d'essence. Avec une fureur macabre, Patrice tournoyait dans l'ombre, les vêtements noirs voletant, l'essence humectant tout sur son passage.

— Ne faites pas ça! Si vous me tuez, on vous éloignera d'ici, de Patrice et de Gabriel!

Il s'arrêta net au milieu de la pièce, les yeux hagards, courant après son souffle. Il laissa retomber le bidon, qui roula sur le plancher.

— On ne peut pas nous séparer... C'est impossible...

— Mais on le fera! Vous ne les reverrez plus jamais! Jamais!

Il resta longtemps prostré... puis un sourire apparut sur son visage à demi éclairé.

— Je ne suis pas morte dans le feu, cette nuit-là. Tu sais... le feu que Patrice a allumé... Il voulait tuer Guillaume... mais Guillaume m'a enfermée dans sa chambre, sans que Patrice le sache. Ce n'était pas sa faute. Il ne savait pas. Et j'ai crié... crié... mais il n'est pas venu.

Patrice tira des allumettes de sa poche.

— Non... fit Cathy les yeux pleins de larmes désespérées. Non...

— Patrice m'aime. Je ne le quitterai jamais.

Il frotta brusquement une allumette. La flamme vacillait devant ses yeux dénués d'expression. Puis il la baissa en direction de l'essence, quand Cathy aperçut soudain un remous derrière lui dans la pénombre, et entendit la porte grincer sur ses gonds.

— Éteins ça, Patrice, ordonna une voix. Éteins, sans quoi je te jure que je tue Renée.

Éberluée, Cathy vit Gabriel pénétrer dans la chambre en tenant Renée devant lui... *la vraie Renée*... vêtue de noir de la tête aux pieds. Un long voile noir recouvrait sa tête inclinée. Patrice resta interloqué, tenant l'allumette qui menaçait de lui brûler les doigts.

— Laisse cette allumette, répéta Gabriel. Tu ne pourras pas la sauver, cette fois. Elle va mourir et tu ne la reverras jamais.

Sa voix n'avait jamais été aussi calme... aussi menaçante. Patrice blêmit. Comme en transe, il porta l'allumette à ses lèvres... Cathy pouvait voir la flamme lui lécher les doigts. Il poussa un cri de douleur et elle vit sa main se contracter... l'allumette tomber sur sa chaussure et s'éteindre. Il mit aussitôt la main dans sa poche... en quête d'autres allumettes.

— Non! lança Gabriel. Je ne bluffe pas. Renée va mourir si tu allumes.

Et il tira brusquement Renée à lui. Ses bras la serraient comme un étau.

— Tu ne peux pas me tuer... murmura Patrice avec la voix de Renée, puis soudain il sembla moins sûr de lui... Patrice ne te laissera pas faire...

— Tu te trompes. Regarde-moi bien.

Les mains de Gabriel s'enroulèrent autour du cou de Renée, qui s'effondra contre lui. Le regard désespéré de Patrice allait de Cathy à Renée. Gabriel se jeta sur lui et, dans un brouhaha insensé, ils roulèrent au milieu de l'essence répandue. Renée s'affaissa contre la porte, tandis qu'on entendait quelqu'un frapper et crier de l'autre côté. Cathy, perdue dans le brouillard d'une terreur indicible, vit Patrice bondir, repousser Renée et ouvrir la porte d'une secousse avant de prendre la fuite.

Gabriel se précipita pour libérer Cathy de ses liens. La peur était gravée dans chacun de ses traits. Puis, une fois les liens tombés, il la prit dans ses bras et la serra comme pour la retenir à tout jamais.

— Cathy.... Cathy, ma chérie...

— Renée, parvint-elle à articuler... est-ce que... Renée va bien?

— Très bien! lança une voix.

Stupéfiée, Cathy vit Thérèse se relever, rejeter le voile en arrière pour laisser paraître un sourire ahuri.

— Oh, Cathy! il aurait pu te tuer!

La porte s'ouvrit en trombe et Daniel fonça dans la pièce, puis stoppa net en voyant Cathy dans les bras de Gabriel. Celui-ci fit un pas de côté et, avec un sourire cavalier lui lança :

— Je t'en prie... fais comme chez toi! Tu l'as certainement mérité!

Cathy se jeta contre la poitrine de Daniel. Elle s'agrippait à lui en pleurant pendant que Gabriel les poussait tous hors de la pièce. Une fois dans le couloir, elle regarda son camarade dans les yeux, essayant de sourire pendant qu'il lui tamponnait le visage avec son mouchoir.

— Mais tu es blessé, s'inquiéta-t-elle en portant délicatement la main à son front, le long de ses joues maculées de sang.

— Ce n'est rien, fit-il en lui repoussant doucement la main. L'appel du devoir! Il m'a donné quelques bons coups mais... il ne fait pas le poids!

Par-dessus l'épaule de Daniel, Cathy aperçut le corps de Patrice étalé sur le sol. Gabriel l'examina, puis le hissa sur son épaule et se dirigea vers l'escalier.

— Venez, insista-t-il, allons-nous-en d'ici.

— Patrice, murmura Cathy. Est-il...?

— Dans les pommes! répondit Daniel, fier de lui en montrant à Cathy sa main cassée : le poing le plus rapide en ville!

— Daniel, tu es tellement bizarre! Mais, ajouta-t-elle en l'embrassant, tellement merveilleux!

— C'est vrai. J'ai cru que tu ne t'en apercevrais jamais!

Chapitre 19

— Je ne pourrai jamais me faire pardonner, disait Gabriel. Pas après toute la souffrance et l'horreur que tu as traversées.

— Ne sois pas ridicule, répondit Cathy avec un sourire. Ce n'était pas ta faute. Après tout, moi aussi, je t'ai fait du mal.

— À qui le dis-tu! acquiesça Gabriel en portant la main à sa tête. Je devrais surtout t'en vouloir de m'avoir soupçonné comme tu l'as fait, alors que tout ce temps...

Sa voix se fit plus lente, son sourire disparut.

— Les médecins disent que l'obsession de Patrice pour Renée a commencé il y a longtemps. Et quand je me suis éloigné... Guillaume a dû les tourmenter horriblement. Quand Patrice a mis le feu pour se débarrasser de lui et qu'il a tué Renée par erreur... il n'y avait plus d'espoir. C'était inévitable qu'il tue Guillaume. Tout n'était qu'une question de temps.

— Alors il a avoué? Je suis tellement désolée, Gabriel, fit-elle en lui prenant la main... Crois-tu... que tu pourras jamais retrouver Guillaume?

— Nous ne le retrouverons sans doute jamais entier. Patrice, dans la peau de Renée, l'a éparpillé dans tout le camp, sans se rappeler toutes ses cachettes. Maintenant qu'il est redevenu Patrice, il discute tranquillement avec les médecins. Il restera Patrice pendant un moment. Il leur a raconté combien Renée était jalouse de toi... qu'elle t'aurait tuée si elle l'avait pu. Tout comme elle a tué Myriam.

Il se tut et Cathy lui serra les doigts.

— Renée était très brillante, tu sais, dit-il doucement. Et complètement dérangée. Mes parents refusaient de voir la réalité. Mais comme ils ne pouvaient se résoudre à l'abandonner à une institution...

— Si tu n'étais pas arrivé, fit Cathy en lui effleurant la joue, je serais morte, à l'heure qu'il est. Je sais que Patrice m'aurait tuée. Tu m'as sauvé la vie.

— C'est ton amie Thérèse qui t'a sauvé la vie, protesta modestement Gabriel. Elle est partie en courant chercher Daniel et elle s'est rendue compte que tu n'étais pas derrière elle comme elle le croyait. Daniel m'a trouvé dans le couloir et m'a ranimé. C'est lui qui a eu l'idée de monter à l'étage.

— Tu te conduisais si étrangement... ça m'a effrayée. C'est pourquoi j'ai cru...

— Que j'allais t'étrangler, n'est-ce pas? Je sais que je devais être terrifiant, avoua Gabriel. Patrice avait mis un narcotique dans mon café. Je ne sais pas combien de temps je suis resté drogué... de toute évidence assez longtemps pour qu'il réussisse, dans la peau de Renée, à mettre le feu à ton chalet. En rentrant de la clinique, il avait avoué son attachement pour toi et Renée en a été désespérée.

— Mais sa blessure au pied devait le faire atrocement souffrir?

— Pas vraiment. En tant que Renée, il n'était pas blessé, alors il ne sentait pas la douleur. Redevenu lui-même, il a terriblement mal. J'étais encore tout désorienté quand tu es arrivée. J'essayais de te faire comprendre ce qui s'était passé, tout en étant conscient de mon incohérence. Quand j'ai compris que Patrice m'avait drogué et qu'il avait disparu, j'ai refait le casse-tête. Je me suis rappelé son comportement, à la clinique. Et c'est en essayant de le retrouver que j'ai constaté qu'il manquait des vêtements dans le placard de Renée... et que d'autres semblaient avoir été portés. À ce moment-là, j'ai compris que Patrice était mentalement mort.

Cathy secoua la tête, sidérée par l'énormité de la révélation.

— C'est toi qui as pensé à te servir de Thérèse?

— J'aimerais bien être l'auteur de ce scénario génial, mais c'est l'idée de Daniel. Un plan de maître, à vrai dire. Nous avons fait porter les vêtements de Renée à Thérèse, et le voile.

— J'avoue qu'elle m'a bien eue, fit Cathy en éclatant de rire.

— Tu comprends, tout du long c'était Renée qui agissait par l'intermédiaire de Patrice. Tes vêtements ravagés, le feu à ton chalet, tout. Il a même admis que Renée avait posé le piège à ton intention, près de la grotte... mais il y a eu erreur sur la victime.

Cathy détourna le regard, la gorge serrée.

— Il était tellement malade, cette nuit-là... si... démuni...

— Oui, démuni... enchaîna Gabriel en baissant les yeux sur elle avec un faible sourire. Et j'étais si inquiet pour toi... J'ai presque réussi à te faire mourir de peur. L'autre nuit, à ta fenêtre...

— C'était toi!

— Oui, admit-il d'un air penaud. Je voulais m'assurer que tu allais bien. J'ai voulu jouer les héros en surveillant ton chalet. Je t'ai suivie, aussi, plusieurs fois. Mais ça t'a effrayée encore davantage. Quel piètre garde du corps je fais!

Il laissa échapper un profond soupir de lassitude avant de continuer :

— Patrice voulait garder Renée pour toujours, tu sais. Maintenant... je suppose que c'est fait.

Il regarda au loin, sa voix s'adoucit.

— Cathy, je... Toujours est un bien grand mot, un mot qui fait peur. Mais je me contenterais de savoir que tu seras encore là... demain...

Cathy examina son merveilleux profil, le coeur chaviré.

— Je ne suis pas si loin, tu sais. Par avion... ou par lettre...

— Ou par téléphone, bien sûr. Et même en pensée, ajouta-t-il avec un sourire.

— Comme si tu n'avais pas déjà assez de choses en tête! Ne fais pas de promesses que tu ne pourras pas tenir.

— Oh! mais j'ai bien l'intention de les tenir. Sauf que je dois effectivement remettre de l'ordre dans mes idées.

— Tout ira bien, le rassura Cathy d'un ton ferme en lui prenant le bras. Tu as ton écriture, tes livres; je dis bien *tes* livres, pas ceux de Guillaume. Et tu en auras plein d'autres, j'en suis sûre.

— Merci. Merci vraiment pour ta confiance.

Il plongea les yeux dans les siens, caressa sa joue... puis il releva son visage et l'embrassa.

— Hé! Cathy! La diligence est prête à partir. Tu viens?

Cathy sourit en voyant Daniel brandir son plâtre. Gabriel sourit à son tour.

— J'ai de la concurrence. Il est très déterminé, tu sais. Il n'abandonnera pas facilement.

— J'en ai bien peur, rétorqua Cathy en riant, et elle lui mit les bras autour du cou. Au revoir, Gabriel, et merci. Pour tout.

— Et continue d'écrire! lui lança-t-il pendant qu'elle courait vers la camionnette. J'ai hâte de voir ton nom parmi les auteurs à succès!

— Sapristi! jeta Daniel en levant les yeux au ciel. Il ne lâchera donc jamais?

— Ça fait partie du rituel amoureux, fit sérieusement Thérèse. Je pense que je vais écrire un poème à ce sujet...

Pendant que la camionnette se frayait un chemin hors de la forêt en direction du village, Cathy regardait défiler le paysage en souriant béatement. L'air réchauffé par le soleil était pur et frais, il embaumait le pin. En arrivant à la gare, elle vit madame Roy qui agitait la main de la plate-forme.

— Oh! madame Roy, vous avez l'air beaucoup mieux.

— Oui, grâce à Dieu! Viens vite, Cathy, le train arrive!

Cathy se tourna vers ses amis, les yeux baignés de larmes.

— Au revoir, Thérèse, fit-elle en serrant son amie. N'oublie pas d'écrire et de m'envoyer tes poèmes. Tu vas tellement me manquer...

— Je t'écrirai, c'est promis, affirma Thérèse en retenant ses larmes.

— Salut, ma belle, fit Daniel en l'étreignant, les yeux étincelants comme ceux d'un hibou amusé. Tu as été plus qu'une copine. Même si tous les hommes sont fous de toi!

Cathy allait répondre, mais il l'en empêcha avec un baiser.

— Je te retrouverai, fit-il en lui grimaçant un sourire. Il n'y a pas d'endroit assez grand pour que tu puisses t'y cacher!

— Viens, Cathy. Il faut monter en voiture, la pressa madame Roy tandis que le train sifflait dans le matin clair.

— Au revoir, vous deux! Au revoir!

Cathy agita la main jusqu'à ce que Thérèse et Daniel ne soient plus que deux petits points noirs à l'horizon.

— Eh bien! Cathy, fit madame Roy en se laissant tomber dans son siège. J'espère que tu as aimé ta petite excursion et que tu ne t'es pas trop ennuyée. Peut-être que tu pourrais en tirer un récit. Tu sais, les bons écrivains gardent toutes leurs expériences en mémoire et s'en inspirent pour créer.

— Peut-être. Peut-être que j'en ferai un grand projet.

— Splendide! Comme quoi?

— Oh... un sombre roman d'aventures de cow-boys!

— Ciel! J'ai cru que tu étais sérieuse!

Cathy appuya la tête contre la fenêtre et sourit.

À propos de l'auteure

Richie Tankersley Cusick est née et a grandi en Louisianne, à la Nouvelle-Orléans. Après ses études à l'Université Southwestern de Louisianne, elle a écrit des chansons et des romans. Tout comme Cathy, elle a participé à plusieurs ateliers d'écriture et, jusqu'à maintenant, elle a eu la chance de s'en tirer saine et sauve!

Madame Cusick est aussi l'auteure de plusieurs livres à succès dans la série Frissons : Poissons d'avril et Ange ou démon ?.. Elle vit actuellement en banlieue de Kansas City, au Missouri, avec son mari Rick et son épagneul Hannah.